AF431415

In Toti
VERSIÓN NÁHUATL

Andrés Peralta Rojas

LETRAS HUASTECAS
EDITORIAL

In Toti • *El toti*
Versión bilingüe: náhuatl-castellano
© Andrés Peralta Rojas
andres10per@hotmail.com

© 2020 Letras Huastecas
letrashuastecas@gmail.com

Primera edición 2020

Corrector de estilo y redacción: Jorge Luis Cruz Pérez.
jorgechontal67@gmail.com

Ilustraciones: Claudia Garay Sánchez
pintora.garays@gmail.com

Diseño de cubierta y maquetación: Víctor Casanova
solzimerfilms@yahoo.com

ISBN 9798667072669

Impreso y hecho en México - Printed and made in Mexico

En memoria de mi señor padre:
Miguel Peralta Pérez.

Andrés Peralta Rojas

Nació en la comunidad nawuatl San Jerónimo Amanalco, Texcoco, México, en 1971. Fue miembro activo de Acolhuacan Masehual Tepenechikoliztli A. C. Es Temachtihkeh Tlahtolkilis Ipan Yolosenyelistli por la Academia de Lenguas Mexicanas de la Facultad de Estudios Superiores de Zaragoza (UNAM). Es docente de lengua nawatl en el Tecnológico de Estudios Superiores de Chimalhuacán (TESCHI) y en la Universidad Estatal del Valle de Ecatepec (UNEVE). Es miembro activo del Instituto Nacional de Lenguas Indígenas (INALI) para la norma de la escritura nawatl. Ha realizado investigaciones en diferentes estados de la República, visitando comunidades, donde aún está vivo el idioma nawatl.

Agradecimientos:

A Dios, por darme todo cuanto poseo.

Al señor Remedios Durán Landa, de Atlahko, por haber sido el enlace para enriquecer esta historia.

Al señor Simón Xochimil, quien actualmente vive en Ameyaltitla, pero que hace muchos años vivió a un lado de Nochtonko, entre Wesachtepek y Atsompa, por compartirme su experiencia junto al joven Jesús Ramírez, de Amanaltenco, apodado Nurrias, entre ellos, y, entre la población de Amanalco, el Toti.

Al señor joven Francisco Durán de Maxala, quien me autorizó escribir su nombre y la de su difunto padre. Fue una lástima que éste ya no tuviera recuerdos de cuando era pequeño, pues vivió una de estas historias.

A los que me brindaron su apoyo moral y, por qué no, también a los que me criticaron, ya que gracias a ellos mejoré como persona y fueron motivo para reforzar mi conocimiento en cuanto al idioma náhuatl. Nadie es profeta en su tierra.

También a todos los que de alguna forma contribuyeron y saben que fueron, en algún momento, fuente de inspiración, mil gracias.

Simón Xochimil Méndez

Nació en 1942. Su vida la pasó como campesino y comerciante. Ocupó varios cargos en la comunidad, una de ellas como Delegado Municipal. Actualmente se dedica a vender galletas (puerquitos), entre algunas prendas de vestir que compra y revende.

Remedios Durán Landa

Nació en 1956. Estudió hasta tercer grado de primaria. Campesino y textilero.

1

Itechinin altepetl tlen motoka san Jerónimo Amanalko, yekipia miyakeh xiwtih otlakatl se konetl, in tlen itatitahwan kitokayotihkeh Jesús. Inin konetl kemeh mochtin in akinkeh otlakatkeh nikan itechin altepetl, kemeh moiskaltihtaya itatitahwan yekititlaniah mayaw kwawtla maontlahpiya iichkawan. Ahmoika okikwalihtak in kaltlamachtiloyan, maski itatitahwan kititlaniah ahmo kintlatlakamatia. Ihkwak yekatka telpokatl, kemeh mochipah yaya kwawtla, omochihchikakchiw wan okwawtix. Ahmo sasan kikwalihtaya tlanonotsas, mochipa ihkwakmonamikiya santlakaktoka, itlachalis sasan chihchikawak kipiyaya ken ihkwak teihtaya, Temawtiyaya. Kemeh miyakeh, nonyohki kinpalewiyaya itatitahwan ika itekiw, wan ika intomin tlen kitlatlaniyaya ihkwak kinamakaya tlen kitemowiyaya tlen kwawtlahtli. Yehwa kitemowiyaya kwawweweyakeh, kwawitl. Wan mochi intlenkwawtlahtli kwali mokixtiliyaya. Ihkwak yayakwawtla, san kimatia itlan akinkeh imakniwan itlanmosetilis. Kimaka ihkwak sanisel kwawtlahyaya kemomatis tleka, yese mochipah kikwalihtaya sasanyowak temos. Wan ihkwak nonyohki tlehkoya sanihsihkan kisaya ichan, ayamo tlatlalchipawaya wan yehwa yokin pehpechtih iyolkawan wan ihkwak ontlanesis yehwa yetlailpihtika ompa tlahko tepetl. Weliwi kiahxiltiyaya itlamamal. San ihsihkan yewaltemotaya, ipampa ihk-

wak yetlapoyawtika yekintemowilihtika itlamamal ninyol-
kawan. Kinkawaya chihton mamosewikan wan maitstiyah sate-
pa yekin pehpechkixtilia kikeh ininkeh yetlakwahtikate nin-
tlahsol. Kimaka inintelpokatl, inonkeh kihtayah kihtowah
machmochipah isel mononotsaya, kox tlah akah kihtaya. Ahmo-
machixtia tlenkipanowaya, yese kemeh imanpanoya, kachi
mopatlahtaya. Satepa sankwali chankisaya wan iselnemia it-
echin iyewalko inaltepetl. Kimaka sankampa monamikia isel-
yewatikah, ikxitlah Se kwawitl. Opanokeh inxiwtih wan yehwa
ahmomonamikti, mochipah mohtaya kemeh ahmokwaltlaka,
nesia kwayehyekayo noso tsonyeyekatl.

Se tonalli owets chikome tonalli tlen yeyimetstli, inontonalli
ahmomomati tlen okichiw, yese monechikohkeh miyakeh tlaka
wan kianatoh ompik atlaxelowayan. Ihkwak okiwalkweptokah,
mochtin kitsin tehteleksayah, wan yehwa nian motowetsowaya,
necia niankikokowayah inxoteleksatih. Inon tonalli mochiwa
weyi ilwitl ompa itechin altepetl Apipilwasko.

2

Ihkwak in axan sayetelpokatl francisco Duran, ikonew intla-
kakontli Pedro Duran tlen tihtokayotiah ichan Maxala, pipil-
katka kipiyaya kemeh semakwil xiwitl, itatitah yekiwikaya tla-
namakas. In tlakatl Pedro mosenmakaya kwawtlahyahki, no-
nyohki kintemowiyaya kwawweweyakeh, kemeh ikonew
Francisco kachto otlakat tlen okseki okichtih wan maski yekipi-
yaya okse ikonew yese inin katka sesosowaton, kachikwali kiwi-
lantinenka in pipiltonton. Sehpa okiahxiltih itlamamal ipampa
nawi weyiaxnohtih wan kemeh yekinekiah kinnamakas ikwa-
wwan, san ihsihkan okimewaltih ikonew Francisco.

—Panchito, yexmewa. Kinatliltih inyolkameh. Tikin sakatl
temilia. Kikeh matlakwakan. ¡Wan xihsiwi nokonew! AH, non-
yohki xikahsimotlaxkal. Maski itstik, titlakawatiweh intotla-
mamal.

—Saye nikochisneki notah. Xinechmokawilli okkakachihton
manikochi. Wan ayamotlanesi, inyolkameh nonyohki sayemo-
sewihtokeh, saseiman nikochi wanyenimewa.

—Tlen se iman. Saspa xmewa wanxihchiwa tlen nimitsna-
watihtok. Nehwa kikeh nikinpehpechwia, wan kikeh tlakwah
chihton nitlaxima ipampa ihkwak tonalkisas makamawakan in
kwawtih. ¡Xihsiwi! Ihkwak tlanesis tlaxankwah yetikateh ompik

santa Inés. Ompik tihpewaltiskeh tikintlakokoltiskeh. Tlaxankwah san ihsihkan titlakawah wantokwepah san onkanik.

—¿Ayamo nianakin kin ihtlani?

—¡Ahmo!

—Yenimewtikah, xihmihxitili nonankon kikeh matlayemanilo chitón totlakwal ipampa ahmoihtekakasol tikisaskeh.

—¡Yonimitskak pancho! ¡Tlentikihtowa, sayenikochtok! ¡Xihsiwi tlen mitsnawatia motatita! Wan saniman yenanwitseh, kikeh nitlepitsa.

—¿Yotimihxiti? Nehwa nikihtowaya timetstikatka tlahko yowalli. Nonyohki tinechmomaktilia noatekomitl ipampanihwikas noaw.

—¡Ximotlalilli mokotontilaktik! Ahmo tisesepokatiw tlahko ohtli.

—Kemah, yese nechtlatsiwitia, ihkwak yetlatotona nihnapalohtinemi. Kachikwali nihwikas sekakanakton ohkion ahmosasan nitlamamas.

—¡Xihtekaki monankon! Tlaxankwah weliwititlakawah, tlenkwalli, tlakahmo, titlahkahtiliah kemeh okseki tonaltih wan ompik totepalwiah. ¡Xikinwika omentin intilak wan inkakanakton!

—Kemah, tlakwah melawak tlentihmihtalwia nantli. Nikin wikas inomentin, tlakanintotepalwiah techmakah sekakalton yeyemankiton, tlenkwalli, tlakahmo, kemeh in oksehpa san kiawak wan kwalkan, yetlasenwetsia, yakmo nihmatia kenin ninoyemanis.

—Yotikihtak wan titlatsiwi timoyektlakentis. ¡Ximoyek kimilo wan xihsiwi! Wan saniman yenanwitse nankikwaskeh nanmotlaxkal ika chihton ayemanki.

Oyah okin amakato wan kintlakwalmakak inyolkameh. Nonyohki, chihton okipalewi itatitah tlaximantokah, satepa kahsitoh itlaxkal, ihkwak. Tlayekohkeh momewkayotihkeh ihsiwkeh wan weliwi okintlamamaltihkeh inyolkameh, kikeh inanita okinkimilwih itlahkahyo ipampa tlahton kikwaskeh tlahkotonalli.

—Tlasohkamati totahkon, yotitechmomakili totlaxkal initonalli wan sankwali titech mihxiti, tlasohkamati sowatl ipampa nonyohki titekiti wan titech maktia tlenkichiwah momawan. Axan yetikintlamamaltiskeh toaxnohwan wan yetiaweh. Tikinyekpia inokseki topilwan. ¡Tihtitlania in Delfina maontlahchiki!... ¡Mamitspalewi!

—Kema, nihtitlanis makichiwa tlen tinechilwihtewa. Yese nonyohki yenechpalewia itlan in konetl. Sankwalli xikintlamamaltikan, inyolkameh wan yexiakan. Maintoteotl sankwali mananmechwika wan mananmechpalewi ipampa weliwi nantlakawaskeh. Nikan nanmech chiya.

—Tlasohkamati lamah. Axan matihsiwikan, tlakahmo sankwalkan tech ahsis intonalkontli wan kachi weliwi siawih inyolkameh. Ahmo nihneki niankanah tosewiskeh, ixkixka tiahsitiweh ik papalotla, kox kachitlatsintla, ompik yetlasohtih intotlamamal.

Ihkwak okiskeh ichan yenawi iman kwalkan katkah wan, kemeh nemiah chikawak inaxnohtih weliwi otemotoh. Ipampa ihkwak ahsitoh itechin altepetl Santa Inés, ayamo tlatlalchipawaya, yese kemeh ompa yekatkah seki chantoton in tlakatl Pedroh omoyolchikaw okin tlakokoltihtewak, kinekia weliwi kinnamakas ikwawwan. Kin tsahtsilihtewak seki tlakah, inon-keh kimatia kinektokah, yese kemeh saye kwalkan katkah, chi-hton mo tlatsimawkeh, ik kinye mewtayah.

—Tlentihmatis Panchito. Nikintlakokoltihtewas nikanik sekitlakah ineyo moyolchikawaskeh.

—¡Ahso kemah! Xikinmonochilli, kemeh tihmihtalwia ineyo moyolchikawah, ika sansetlamamal matikonkawakan yotihkixtihkeh ipampa toatsopelik ompik tokowiskeh.

—Xikin tsakwilli in axnohtih, kikeh machihton tlakwahkwakan. Nikin ihta.

Kemeh ahmo kimatiah tlakinwikiliskeh kwawtih, seki alte-petlakah, ihkwak kinkaltetsohtsonaya ahmo tlanankiliyayah, wan okseki, san kinkwalanaltiyaya ik ayamo tlatlalchipawaya wan yekin ihxitihtikah. Okin tlakokoltihtewak mochi inaltepe-tlakah, yese ipampa iahmo kwaltlamamal, nianakin okinek.

—Tekotl yonikin walikak inkwaw weweyakeh. ¿Axan keski-tikinmonekiltis?

—Ahmo, axan ahmo onkah tomin ipampa nimitsin tlaxtla-wilis. Kachikwali satepa ihkwak nikinnekis, maski nehwa nimits ihtatiw ompa mochan.

—Saspa xikinmokitskili, maski sansetlamamal. Yektla-chihchiwkeh nikin walikak, sanxikin mihtili, ohkion yetihmih-talwis tlakahmo tikin mokwalihtiliya.

—Kemah, yese kachikwali oksetonalli. Axan ahmotihkahxil-tiah intomin. Ahmomiyak tekitl tihpiyah, wankanin tikinkala-kiskeh. Ahmotechpolowah.

—Kwali, satepa nokwepa. Axan ahmotihmonekilti. Nikin-tlakokoltih oksehkan. Tlaineyo akah kinnektos.

Ohkion, sankampa okintlakokoltiyaya, mochtin kihtowayah machsatepa, itechininkeh tonaltih ahmo onkahtomin. Ihkwak otlayeko kiyewaloh in altetepeton, intonalkontli yekatka tlakpak wan, Panchito, kemeh yowehkawato kilnamikia tlah akah okin ihtlanilli wan san moyeknonotstokeh ika kexkich tomin kika-wiliskeh. Sasan moteotlatsahtsiliyaya ipampa ohkion mayani. Ihkwak okihtak itatita yowalkisako, ahmomohtaya paktoka, owalkilnamik in nianakin okinek itlamamal. Okin nechikoh iyolkawan, okipew wan yeokinamiktaya ipampa kikawiskeh oihwiw. Kemeh niantlen okihto itatitah yehwa niantlen oki-tlahtlanili. Nianakin tlen okihto. Inomentin san kinpewiyayah in yolkameh wan tlakaktayah. Ihkwak ahsitoh ik san Juan Tesontla Panchito okitlahtlanilia itatita.

—¿Ik kanik tiaskeh, titlamelasowah kox nikin tsakwiliah ipampa tiaskeh ik Tepetlaoxtok?

—Xikin tlayewalti. Kachikwali tiaskeh ik Papalotla.

—Axan nianakin okinek intotlamamal. Kemomatis tleka.

—Tlah yopanok akah okinkawilihtewak.

—Ahmo nihneltoka. Nikin ihtani kox nech ilwiyanih.

—Kemomatis tleka.

—¿Yotisiaw nokonew? ¿Kox oksepa yetiapismiki?

—Ayamo nisiawi, san yeniamiki. Yese nihwalikak noaw.

—Xinech chiya. Nihtemowilis moatekomaton in axnohtli wan nimits maktis. Tlatihyekowa ahmoximotekipacho onkanik tikihtlaniskeh ipampa oksepa tihtemiltis. Nehwa nonyohki nihwalikak nonekw.

Ohkion nemiah wan ihkwak mopachohtayah ik Tlateskan istak, ompa wehka, okihtakeh setlakatl yewatoka, wan ikwitlapa kipiyaya se weyi chikiwitl.

—¿Yotikihtak? Ompa wehka mohta akah yewatok. Wan mohta tlakwah kinapalohtok sechikiwitl.

—Nelehwel. ¡Wan mohta neci tech chixtok!

—Ahmo. ¿Keninkimatis tlatehwankeh?

—¡Akah! Tlah yas setlatlakaton tekwanolko wan nonyohki tlahton okinamakako.

—Yetikihtaskeh, san tlatlacha nikanik, tlahtechixmati, kox tehwakon mitsmoixmachitiliah. San tehwakon ahmotikilnamikitia.

—Yextlakakto, yemewtok.

Kemeh mopachohtaya tate Pedro wan Panchito, in akin yewatoka sankwali mehmewtah wan nonyohki kin ixnamikia. Ihkwak panokeh ixpah, kiahkwok itsontlalsewal wan okin tlahpalo.

—¡kempanollo! ¿Nonyohki ayamo nantlakawah? Nonyohki onipanok ik santa Inés yese nianakin okinek notlanamakillis ¿Ixkixka kanin nanyaweh?

—¿Tehwa Jesús? ¡Ahmo timoixmati! ¿Tlenonkomah tihchiwtnemi nikanik wan san ihsihkan?

—Nonyohki nitlanamakako. Nih walikak nanakatl

—¿Nanakatl? ¿Itechininkeh metstih? ¿Kanin tikinahsik tla aya-mo kisah?

—Ompa, ik sehpayawko yeonkateh, wan sanyoka xolete.

—Ahmo nimitsneltoka. Tlanechin ihtiti

—¡Xikin ihta! ¿Tlentikihtowa, nimitskayawa?

—Tehwankeh tiaweh ik Papalotla. ¿Tehwa tleka ahmo tiaw ik Tepetlaoxtok? Wan itechininkeh metstih ayamo kisah in nana-kameh, inonkeh ahmoweltotahkon

—Ihkwak inon okihto in tlakatl moteochiw, yehwa kimachi-liyaya ahmo weltotahkon, wan ixkixka osesepokakeh inyolka-meh.

—Nechinmaktiah senomaikniw, yehwa kintoka wan mochi in-xiwitl onkateh, tlanankinekih nanmech wika itlan, kwali nan-kihtlaniskeh mochi tlen nankinekiskeh.

—Ahmo. Maski yolik tehwankeh tikin nechikohtaskeh tlen techpolos. Axan tehwa xiyaw ompik wan tehwankeh nikanik. ¡Ahmo tihnekih motlantiaskeh wan nonyohki ahmo tihnekih tehwa totlan tiyas!

—Ahmo noxelos. ¡Toseknintiaskeh! Axan xikinpewakan in yolkameh wan tiaweh. Tipanoh Papalotla wan, tlakahmo tikki-kawiah in ohtli, wan tiaweh ik chipiltepek, ompik ahso kachitla-sohti nanmotlamamal.

—¡Ahmo! Tehwankeh san tokawaskeh nikanik ik Papa-lotlah, wan tihyewaloskeh in altepetoton. Tlatehwa tihneki tiyas ixkika ompa, xiyaw. Yonimits ilwih ahmotihneki tiaskeh motlan.

In Toti okichikawaltiyaya tlakatl Pedro ipampa yaskeh ik chi-piltepek, yese yehwa kinekiah moxeloskeh. Ihkwak ahsito Papa-lotla…

—Xiyaw nepik, tehwankeh nikanik tihyewalowah wan to-namiki ixihko inaltepetl. Kikeh xikintlakokoltih, nehwa non-yohki nikintlakokoltis nokwawwan. Ompa tohtah itech seiman.

—Kema. Yese ahmo nanmoxeloskeh, tiaskeh seknin. Ompa nanmech chiya.

Pedro, Kemeh ahmo kinekia itlan yaskeh, kihtowayah weliwi motsetselwiskeh in Toti, kilnamikiah kiixploloskeh ompik. Kintlakokolyahtinenkah nintlamamal, niankin kin nekia. In siawistli wan apistli ye moixpantiyayah, yekitemowayah kanin kikwaskeh itlahkayo. Chihton okilkaw in Toti wan motlalsewito ikxitlah se weyikwawxiwitl, ompa nonyohki okinsewih iyolkawan. Kikeh Panchito kiyektlaliyaya setsohtli inkanin kitlaliskeh itlakwal wan kintemowaya ome temeh kanin motlaliskeh, Pedro yekitohtomaya intlahkahyo. Ayamo moyektlaliyayah ihkwak, onestewak in Toti. Ahmo okimatkeh kenin okin ahsito, ihkwak mokwitewakeh yemotlalihtoka.

—¿Nankiwalikakeh nanmotlahkahyo? ¡Nehwa niantlen onechtitlanilihkeh! Matitlakwakan, satepah sanitlanamaka nehwa nitlakowas tlahton ipampa oksepa tlahton tihkwaskeh.

In Pedro, kemeh san onestewak wan okihtak Panchito omomawtih, kitlawelnankilih.

—¡Kaninkomah tikatka! San titech pihpixtok ¡Wan keninkomah tiahsiko ahmotimits ihtakeh! Otechtitlanilihkeh intotlahkahyo san ipan tiomentin.

—Tlatihneki nonyohki titlakwas, tlahton ximokowi, ikanmotlaxkal.

Inonkilwihtoka in Pedro, ihkwawk yekimakitskihtoka itlaxkal. Pedro maski ikakwalanalistli nonyohki opewtlakwah.

—Ahmo tlasohti nonanakaw ¿Kemomatis tleka?

—Ahmo ikawil. Intlakah ahmo tikinkayawas. Inonkeh nanakameh ihkwak mitsinkowiliskeh saniman palaniskeh, ahmoweltotahtsin.

—Yetlahko tonalli nanmehwankeh nantlakawaskeh ixkixka tlahtlapoyawis, wan kinnektokeh ompa Chipiltepek. ¡Xihsiwikan wan kachikwali tinemih ipampa kachto tlapoyawis yetikateh ompa, nonyohki tihyewaloske in altepetl ixkixka akah tlakowas.

Pedro otlaweltlakwah, moohwi ipampa kiyewalos in altepetl,

yese ahmoikakimachilih keninkomah sanweliwi wehka okika-
wtewak in altepetl, ihkwak moskaltih yekatka Tezonyohka. Wan
oksepa intlakatl Pedro kinekia moxelos.

—Tehwa xiyaw ompik, tehwankeh nikanik, oksepa tonami-
kih kanin pano inapamitl.

—Kemah, ompa tonamikih. ¡Ahmo nanwehkawah!
Satepa ihkwak moxelohkeh Pedro kilwia in Panchito.

—Tiaweh, matikin ihsiwitikan intoyolkawan. Ahmotih-
chiaskeh, nikanik kachiweliwi tiahsitiweh. Yehwa kachi wehka-
was, kachiwehka ompik ik kanin nihtitlah.

—Kemah ¡Tiaweh weliwi! keman ahsitiw, tehwankeh okseh-
kan yotoowihkeh.

Inon kilnamiktayah wan, maski nian kintlakokoltiyayah akin-
keh kin namikia, yehwankeh kinekiah kiixploskeh in Toti. Chi-
kawak kinpewayah inyolkameh, tlahton kinpalewiyaya inyol-
kameh katkah chikaktikeh wan weliwi nemiah. Ahmokinelto-
kayah, ihkwak mopachohtayah ompa kanin moilwihkeh, in Toti
yeyewatoka ompa, kinchixtoka.

—Tlaxmoihtili. Nepa yeyewatok. Satech chixtok. ¿Kenin
okichiwili?

—¿Tleka nanwehkawkeh? Nehwa yonitlayewalo ik okseh-
kan wan ayamo nanwalkisayah. Nikihtowaya tlah akah yonan-
mechtlakowili.

—Ahmo. Tehwa santimotlalohtinemi, kox keninkomah tih-
chiwilia weliwi tiahsiko.

—Sanyolik ninentinemi, ahmonihsiwi. Axan nanmehwan-
keh xiyakan ompik wan nehwa nikanik, wan oksepa tonamikih
ikwitlapah inteopankontli. Tlakahmo nantlanamakah yeompik
tikahsih ohtli.

Oksepa moxelohkeh, Pedro motlahtlaniyaya kenin kichiwilia.
Tla ihkwak yaw intlan san mokawtiw ik nehnemi yolik, mohta
yokisiawitih ichikiw, yese nonyohki niantlen kinamaka. Ihkwak
ikawil in nanakatl inon sankampa tlahtlasohti. Ihkwak kinwikah

ikamanalko, insowameh kihtah tlenkwaltoton wah ixkixka tepak tlahwiyaxtiw, ixkixka mokwihkwiliyah. Yese kemeh ininkeh ahmokwaltotahkon, nian kin ihtayah.

—¿Tahtli, kenin kichiwiliya in Toti, san kampa tech tlatlanilia? Wan nesi kimati tlentikilnamikih. Yonechmawti. Itlachallis ahmokwalmohta. ¿Kenintihchiwiliskeh ipampa toxeloskeh? Yehwa ahmokineki ik tosetilihkeh. ¿Tlekakomah sankineki totlan yahtinemis? ¿Kox kineki tech ichtekilis intotlanamakil?

—Ahmo nihmati. Nehwa nonyohki yonechmawti. Matitoteotlatsahtsilikan tlaxankwah maskitlahton titlanamakaskeh, saye techmakas iman tinemiskeh okse altepetl. Yese ahmo nikasihkamati. ¿Tleka ahmotitlanamakah? ¡Niantlahtlanih! Nech tekipachowa tech ahsis yowalkontli wan ahmotihpiah kanin totepalwiskeh, wan tla ahmotitlakawah, kenin tihtlaxtlawaskeh totepalwil.

—Inonkemah, ¡Wan tlanikanik titlamelasowah, maski tikahsiskeh inin ohpitsaktli! ¡Tleh ahmo kwali tikisaskeh itech okse ohtli! ¿Ahmo timo ixtlamachitilia?

—Kema, nikanik tikisaskeh ipan in ohtli tlen tech wikas sakango, Wan tlatikahsi, kenin okihto in Toti, tikanaskeh in ohtli tlen kisa ik kwalyehyekatl wan yetlamelasowa Chipiltepek, in kanin kineki tiaskeh.

—Maski ahmo tiaskeh ik kanin yehwa kineki, Nikanik tiltamelasowah. ¡Maintoteotl techmopalewilli!

—Xikin pewaltih intoyolkawan, maski tech ahwaskeh nikanik tiaskeh. ¡Tlaxankwah niantlen tlatoktos!

Intlakatl Pedro wan Panchito ahmo okihtakeh in ohpitsaktli tlen panoya, nepantlah in tlalli, kipiyaya akontli, inyolkameh tlatsikowayah, kenin kichiwilihkeh okin kixtihkeh inyolkameh wan okikankeh in ohtli tlen kinwikani itlan in Toti, akin yekinchixtoka ikwitlapah teopankontli. Ixkixka tlapoyawis ahsitoh ik Chipiltepek. Ompa oksepa moxelohkeh wan in Toti, motlalih ikxitla sekaltepamitl…

—Xiyakan xontlanamakakan, nikan nanmech chiyas. Nehwa nosewis wan ihkwak nanwalaskeh onkanik totepalwiskeh, mostla ihsihkan yetiaskeh.

Intlakakontli Pedro ahmo okinankilih, kemeh okihtak saye kimakaya kawil ipampa kiyewalos inaltepetl, wan kinekia tlanamakas, okitilan in Panchito. Itechin ohtli okinamihkeh se sowatl, in akin saniman okihtak tlen kiwikayah…

—¿Kexkich ipatiw nanmokwawwan?

—Ahmo patiohkeh, sowatekotl. Xikin moihtili. Saininkeh tikinwalikah. Xiwalmika wan ximoyolchikawkono. Tikinwikah kanin tehwakon timochantihkonowa.

—Kemah, nikin kwalihta wan nikin nektok. Yese nonyohki ahmonihmati tlen kihtos notlakaw, kox yehwa kinkekis kikixtix in tomin kox ahmo, nehwa san nitlahtlani.

—Xikin moihtili. Tlatimoyolchikawkonowa nanmech temowilis tlahton, ahmo tlen ipatiw nanmechkawillis.

—Ahmo nihmati tlah kinekis notlakaw. Nehwa nikin nekiskiani. ¿Tlen kwali nankinwikaskeh nochan ipampa kin ihtas notlakaw?

—Kema. ¿Wehka timochantihkonowa?

—Ahmo. San nikan ome nawsehkantiltlah, tlanankinekih tiaweh wan ompa nihyolchikawa notlakaw ipampa mochtin nankinkawaskeh ipampa yemamosewikan nanmoyolkawan, yese tlakahmo kineki xinexhtlapohpolwikan. Nehwa nihnek nanmechpalewis.

—¡Tiaweh! Wan ahmoximotekipachohkono, tehwankeh yetihmatih, tlamochtin moyolchikawanih nian tiwitseh nikanik, san ompik Amanalko yotitlakawanih. Totekiw ohkion chihton yetik. Kimaka tinemih ixkixka ome tonalti kox yeyi ipampa akah techkowillis intotlamamal.

—Tlaxkihtakan, saniman yotiahsokoh. Nepakah notlakaw, ahmo kah wehka.

—Ahmo wehka.

—¡Kolii, Koli! Xikihta, nikin walikak inin tlakatl wan ihko-
new kinamakatinemih inikeh kwawtih, inonkeh techpolowah i-
pampa tokaltlapachoskeh. Xiwalewa xikin ihtaki, mohtah tlen-
kwaltoton, yektlachihchiwkeh. ¿Ahmo tikin nekis?

Kikeh mopachohtaya in tlakatl, in sowatl sasan pahpakiya, ye-
kinekia kitlapachilwiskeh ichan, wan inonkeh kwawtih kinpo-
lohtoka, itlakaw, kemeh mochtin in okichtih, kipachowaya ito-
min wan chihton okitlatlawtihkeh ipampa moyolchikawas.

—¿Kaninkomah tikin namik sowatl? Wan kemah, tikin nek-
tokeh yese ahmo tech ahxilis intomin. Kachtotihkowaskeh in
amachapopohyo, wan axan ahmo nihneltoka, kachikwali okseh-
pa.

—Ohkion mochipah tikihtohtinemi wan sanpanotiw inkawil.
Yesexiwpa nonyohki inonkeh tlakah mitsintlakokoltikoh ohkion
tikin ilwih. ¿Kemankomah tihtlapachoskeh tokal?

—¡Xikasihkamati! Kachto tihkowaskeh in amachapopohyo.
¿Wan Kikeh ininkeh kanin tikintlaliskeh? Paltiskeh wan sani-
man pewaskeh palaniskeh. Wan tlatikin kowah wan nonyohki
tlapa-cholli. ¿Satepa tlenon tihkwaskeh?

—¡Kemah tech ahxilia! Tlenpano Santehwa tihneki tiyatas
itlan monanita. ¡Xinechtlapohpolwikan! Yese tlakahmo tihneki
tikisas mochan, ompa ximokawa. Nehwa nikinkowas wan mos-
tla wiptla, maski notlahtlanewis, nihtlapachos nochan. Xihyek il-
namiki, ahmo satepa timoyolkokohtos. Yonisiaw mochipah tlen-
kihtos mochantlakah, tlakahmo mitskawah, niantlen tihchiwa.
¡Ximotlalo xikintlahtlani tlakwali tikinkowas ininkeh kwawtih!
Tlakatl, xiwalmika nikanik wan xikin motemowilli inkwawtih,
kikeh nikon anah intomin, ohkion kemeh yotokawkeh.

—Kemah, maski ohkion kemeh yonimits ilwilih. Nopil, xi-
kin pewa in axnohtih wan xikin kitski, nikintohtomilis itlama-
mal.

—¡Ximosewi sowatl! Tlakemah tikinkowaskeh, yese kachto

intlapacholi. ¿Tlen ahmo tikihta kachi inonkeh patiohkeh? Ininkeh kwawtih, sankenin, tikinanatiweh, nikan kwawtlana-¿makoyan. ¡Ininkeh sowameh! ¡Eh, tehwakon! Ayamo xikinmotohtomili, kachikwali satepa timitstemoskeh, axan ahmo.

—Yese yokimihtalwih in sowakontli, yehwakon onechmotlaxtlawillis, wan yonikin temowih inikeh.

—Nikanka intomin. ¿Kexkich tikihtohkeh, yonikilkaw?

—Chikwasen wantlahko tomin tikihtohkeh, yese xinechmomaktilli san chikwasen, ipampa tihmoihtilis tehwankeh tikwalihtah titepalewiskeh.

—Nitetlaxtlawilis makwil tomin sehsen tlamamal. Nikanka saspa intomin.

—¡Axan kwalli!

—¡Sowatl, tlen ahmotikasihkamati! ¡Nikan kwawtlanamakoyan kachi ahmo patiohkeh! Nehwa nikinkowas.

—¡Tlatehwa tikinkowas, saspa xikintlaxtlawa! Kaxtolse wantlah-ko tomin. Nonyohki mamotlatlanikan tlahton ixkixka kanin witseh. Nehwa ohkion nechkawiliah ik nisowatl wan ahmono-tlatlanilia. ¿Kox ahmo tlakatl?

—Kemah ohkion.

—¡Tehwa xikin tlaxtlawa! Nehwa kihkowa intlapacholli wan mochi tlen poliwi: teposwitsti, teposmekatl wan in kwawpitsaktih. Tihtlakokoltiskeh in tlakakontli matechintlanewtih iyolkawan ipampa, tikin walikaskeh in amachapopohyohkeh wan in kwawpitsaktih kikeh ayamo tlatsakwah.

—¡Kema sowatekotl! Tlanankinekih saspatiaweh ik ayamo tlayowa wan tlatsakwah. Tehwankeh satepa tokwepaskeh. Maski yowali tinemiskeh, wan ompik Tesoyohkan, kanah, tikihtlaniskeh tlatepalwilis. Kox nanmehwankeh kwali nantechmaktiskeh kanintikochiskeh. Nikan totepalwiah.

—Ahmo. Ahmotihmihtalwis ahmotihnekih, yese ayamotihpiah kanin, santotepalwihtinemih itlan nomonnantli. Yotihmoihtili nikahwatok ik ahmokineki nech chantis. Nehwa yenechpinawtiah, mochipah santitopachohtikateh. Wan kemeh kihtowa intlahtoli: In mihki wan in pachohki itech yeyitonaltih yemolonih.

—Melawk, ohkion pano sankampa, ahmoximotekipachokan. Tiaweh tikin anatih wan maski yowak, tinemiskeh, kox onkanik nihtemos kanintikochiskeh wan ihsihkan tikisakeh, ipampa maski tlahkotonali yetikateh tochan. San xinechmotlaxtlawilikan. ¿Akin nechtlaxtlawis?

In tlakatl, kemeh yokihtaka in isowaw yotlawelmihka, okikixtih itomin wan okitlaxtlawilih in Pedro. Kikeh, in Toti mochixtoka kanin okikawtewakeh, kimaka tlatlachaya ipampa kihtas tla Intlakakontli Pedro tlanamakaya. Ahmo machisti tlen kilnamikiya.

Ihkwak in Toti katka telpokatl yekkatka, kinpiyaya miyakeh imaikniwan, nianakin momawtiyaya ihkwak sekninkatkah. Ahmo momatih keman wan tlen iman omopatlak iyalis, inonkeh kixmatiah wan itlan katkah, yakmo moyekmachiliyayah kemeh kachto wan itlakayo kin kwalanaltiyaya. Kimaka moyekihtaya wan nesia yekkatka, yese itlachialis sasanyetik momachiliyaya. Ihkwak sankanin motlaliyaya wan mokawaya ome koxyeyi iman, nianakin itlan mopachowaya.

Saniman ihkwak okiselih in tomin in tlakatl Pedro okinyektlali iyolkawan ipampa kin tlasasakapalewis itlakowkeh, yehwanke yakmo kinehke ik kemeh okin ilwihkeh mokwepaskeh wan kachikwali okintitlankeh, ipampa ahmo sasan tlahtlayowanih. Pedro wan Panchito okin tlasohkamatilihkeh wan saniman okikitskihkeh okse ohtli, ipampa ahmo panoskeh ik kanin kinchixtoka in Toti, yakmo kinekiah itlan mokwepaskeh. Kin ihsiwitihkeh in yolkameh, yese kemeh nonyohki yosiawkah, yoliknehnemiah. Ahmo okimachilihkeh, yese ihkwak yekistokah itenko in altepetl itech se inakasko in ohtli, akah yewatokah wan kinchixtoka.

—¿Yonantlakawkeh mochi? ¿Wan yetokwepaskeh teleh?

—Kemah, mochi mokaw wanyetokwepah.

—¿Kexkich nanmechmaktihkeh? Axan nihneki tlaltahko tomin tlen nankiwikah. Nehwa niantlen nihnamakak. Yese nihneki tlatlahko tlen tihpia.

—¡Ahmo! Niantlen nimitsmaktis. Inintomin tehwankeh totlatlanilihkeh. Wan tlatihneki tomin, Ximokawa, mostla ihsihkan titlanamaka.

—Nehwa nanmechpalewih ipampa mochi nantlanamakakeh. Wan nihneki tlahtlahko intomin tlen mitsmaktihkeh. Tlakahmo…, ahmo mitsnextilis. Kachikwali xinechmakti tlatlahko.

—¿Tlenonkomah otihchiw ipampa tikihtos titechpalewi? ¿Tlen tehwa otikintemowito inkwawtih, wan otikin xipew? Niantlen nimitsmaktis wan xiyaw nepik, tlakahmo tihneki akahnikilwis mamits kwawi.

—Yonikihto. Tlakahmo tihneki tinechmaktis, ahmo mitsnextix. Yetikihtas, kachikwali toxehxelwiah wan sankwali yetiahyahtiweh tochan. Axan xtleyekanakan. Nehwa nanmech ikawihtiw. Kikeh xikilnamiki wan xihxelo tlatlahko.

—¡Nehwa nonyohki yonikinto tlen otihkak! ¡Yextlakakto!, tlakahmo tihneki nimitstelwihtewas nikanik. Yotitechkwalanaltih. Tlakahmo titlakaw ahmo notlahtlakol.

Wan ohkion motlawel nonotstayah kikeh nehenemiah, yetlapoyawiah ihkwakyekistokah itenko in altepetl, Pedro wan Panchito yomomawtihkan, yokin tlawelmiktihka in Toti welika kinekia tlatlahko itomin. Yakmo kimatiah tlen kox kenin kichiwiliskeh ipampa kikawtewaskeh. Yehwa sankwali ikwitlapah nehnentaya wan ikkachi ihsiwiyah ahmo wehka mokawaya. In tlakatl Pedro, kemeh okihtak Panchito yosiawka, nonyohki inyolkawan, okilnamik kachi kwali yekitemos kanin motepalwiskeh. Kikeh nehnemiah Pedro kilnamiktaya miyakeh tlamantih wan, ik kachi kichiwiliyayah ipampa mopoloskeh tlen Toti, inin ahmo mokawaya. Ompa wehka okihtak seki tlakah, katkah itechsetlanamakoyan, okilnamik tlen okilwihka in Toti. Ihkwak ahsitoh ompa kanin katkah, okihtak yehwankeh tlaitokah, okilnamik kinkowilis sehsen aposonchichik ipampa makikwawikan in Toti. Okintelkets inyolkameh wan okintlahpaloto intlakah. Intlan noyohki katka in chanehke, intlen ompa tlanamakaya.

—Kwalitiotlak tlakah. Xinechtlapohpolwikan, yenotetlakewis nanmotlan. Yese melawak nehwa wan nokonew yotomawtihkeh, ik inontlakatl tlen wits tokwitlapah santech ikawihtinemi. Tehwankeh tikin namakatoh sekitokwawwan wan axan yehwa yekineki tech kixtilis tlatlahko intotomin. Nanmech kowis okse nanmo aposonchichik, yese nanmech tlatlawtia xihtohtokakan ipampa mayaw ompik. Nechmawtia tlahton kipanoltis in nokonew, saye tsitsikiton wan ayamo kwali mopalewia.

Yehwankeh otlakaktahkeh wan san mochtin moihtakeh, nianakin tlahton kinekia kihtos. Panokeh kemeh se ome kawiltoton, se motelkets…

—¿Tlen kanin nanwitseh

—Tiwitseh tlen San Jerónimo Amanalko. Wan initlakatl omosetilih ixkixka kwalkan, mach kinamakatinemi nanakatl, yese ayamo ikawil. Ahmotihmatih kanin okin ahsik.

—Xikihta, Melawak inontlen tikihtowa. Mopil ayamo kwali mopalewia, yese tehwa kemah, ahmotihmatih tlamelawak tlentikihtowa. Kineki tikihtaskeh kachto, tlayehwa kineki mits kixtilis motomin. Tlatehwankeh tihtohtokah kox tihkwawiah, ahmo kwali, ayamo titlawankisah, wan nonyohki ahmotitlaitokeh ipampa titlawankisaskeh. Kachikwali xihtemo kanin nanmokawaskeh wan mostla kwalkan yenanyaweh nanmochan, yetlayowak wan sasan nanmechpolowa. Tikilwiskeh intlakatl manepik yaw, yese niantlen tihchiwiliskeh.

—Kemah, tlen kihtowa nomaikniw melawak. Nehwa ninemi nikan, intlanamakoyan noaxka. Tlatihneki kwali nanmokawaskeh nikan. Ompa kalihtek kwali tikin ilpis moyolkawan, onkah atl ipampa tikin atliltis, xihtemo chihton sakatl wan xikin makti, ahmonihkawas makalaki inon tlakatl ipampa sankwali nanmosewiskeh. ¡Yakmo ximotekipacho!

—Tlasohkamati. Nanmechtlasohkamatilia tlen nankichiwtokeh topampa. Tipanoskeh. Wan oksepa tlasohkamati, nanmixkonko.

—¡Xihpanokan!

Ihkwak panokeh, in Toti nonyohki kinekia kalakis wan ihsiw itlakxitl ipampa yas ikwitlapah, yese in chanehki, ihkwak yekatka ixpa, okitelkets.

—Eh. ¿Tehwa akin mits ilwih tipanos? Yehwankeh nikin kaw mapanokan ik yonech ilwihkeh, yese tehwa yakmo tiyewi. Yexikin kwa mamosewikan. Tehwa xikikawi mo ohwiw, nikan ahmo tikalakis. ¡Xiyaw!

In toti niantlen okihto, wan chihton onehne wan saniman omotlalitoh ikxitlah se weyi kwawxiwitl. Ompa sankwali mokoyopacho, sankenin mokolocho wan okochwets. Kikeh kalihtek Pedro kin amakaya wan okin temilih sakatl in yolkameh. Chihton okiyolalih in Panchito inon sasan yomomawtihka. Motlapechwihkeh ipehpechwan in axnohtin. Motlakentihkeh se tilmahtli. Wan yomotekakeh. Yehwankeh ahmo okipanokeh sekwistli, ik mokawkeh ikxitlah se kaltlalsewayan.

—¿Panchito, tiapimismiki? Tlatihneki nimitsonkowi tlahton, ipampa ahmoti ihtekakasol kochis.

—Ahmo. Matikochikan. Ihsihkan tlahton tokowiskeh ipampa tihkwahkwahtaskeh itechin ohtli. ¡Tlaxankwah yoyah in Toti! ¡Kemomatis kanin mokawas!

—¡Tlen tokekiw! Inonkipanoltia ipampa welika kinekia techkixtilis tlatlahko intotomin. Kemomatis tleka ohkion yomokwep, tla ahmo ohkion katka. Nehwa nikixmati tlakaihkak. Nesi yemoyolkakweptok, nesi yehyekayo, yakmo tlailnamiki. ¡Tlahton okipanok! Mostla ihkwak tiahsitiwe san tikin sewiah intoaxnohwan, saniman nihtetlakewitiw itlan itatitahwan. Yese axan kachikwali matikochikan, mostla intoteotl yekimihtalwis.

Saniman okochwetskeh, kemeh yosiawkah wan yonehnenkah

setonalli wantlahko, niankimachilihkeh kenin opanok inyowa-
lli. Kiawak intlakah mononotsayah.

—¡Iknohtih, in tlakatl wan ikonew! Setlakatl iseselton yokin
mawtih.

—Kemah. Yese ahmonihmati tlananmehwankeh onankih-
takeh in okse inon kinekia kalakis. Ihkwak nikilwih ahmo ka-
lakis. san otechtlachpan ika itlachialis timochtin wan chihton san
oixwetskak, wan ihkwak nikihtak opentlantewakeh iixtelo-
lohwan, kemah onech sesepokalwih.

—¿Nonyohki otikihtak? Nehwa nikihtowaya san nosel ni-
kihtak. ¡kemah, ahmokwaltlakatl!

—¿Tlenonkomah techpanotok? Nonyohki nihmachilih. Neh-
wa nikin ihtak okin chichiloh iixtelolohwan.

Okse otlanankilih.

—Yonikasihkamat tleka yokinmawtihka. Inin tlatlakaton
ahmo tlakaihkak. Tlakahmo notlapololtia, inin yomoikniwtih in
ah-mokwali.

Ihkwak ohkion okihto, mochtin okimachilihtewakeh se se-
kwistli itstik wan saniman opew in yehyekatl. San otlakak-
tahkeh, wan kilnamiktokah tlenpanotoka.

—¡Ximoteotlatsahtsililikan!... ¡Ahmo techtlatlanilis! ¡Teh-
wankeh kachi tichikaktikeh! ¡Toteotl techmopalewilia! ¡Wan
kah totlan!

—¡Yonankihtakeh! Tla ahmo mohtaya yehyekas.

—¡Maintotahkon techmopalewili! Wan yehwa makitlapoh-
polwi, tlamelawak yakmo ite axka.

—¿Tlenon okichiw ipampa in okse okitlatlan? Mohtaya tla-
kaihkak. Kwali, isehsen tlen kilnamiki wan kineki. Nehwa
yeniyaw. Ahmonihneki nikan kachiniyatas. Mostla toitstikateh.
Maintoteotl mokawa nanmotlan.

—Kema. ¡Sankwali xiyahyahta!

Mochtin oyahkeh, in chanehke okin ihtato in tlakah inonkeh
ompa ichan motepalwihkeh, kinekia kin tlahtlanilis akin inon tla-

ktl, yese kemeh okin ihtak yekotalohtokah, kachi kwali otlat-
sahtsakw wan nonyohki omotekato. Ayamo yektlanesia ihkwaw
Pedro yekiihsatoka in Panchito. Kikeh momelasowaya, yehwa
yekin pehpechtihtoka in axnohtih. Okin maktih okkakakchihton
sakatl wan okin atliltih. Okiihxitito in chanehki, ipampa kitla-
sohkamatilis, kox kitlaxtlawilis in tepalwilis. Yehwa kilnamikia
melawak kwaltlakatl. Ahmo kilnamikia ipampa tleka okinkaw
mamokawakan ompa. Ixkixka okikaw makintlakwalmaka
In yolkameh. Ihkwak owalkis in chanehke.

—¿Kemah nanyek kochkeh? Ihkwak nanwalaskeh nikanik
wan oksepa nanmech ahsi inyowal, yenankimatih nikan kwali
nanmokawaskeh ipampa ahmo nansekmikiskeh. Ompa kiawak
wetsi nanmopan insekwistli. Kwali. ¡Matikihtakan kexkich timi-
ts ihtlaniliskeh! ¡Yese ahmoximomawti ahmo mochimotla-
xtlawil, maski tlatlahko!

Ihkwak ohkion okihto, in tlakakontli Pedro ahmo okineltokak,
kilnamik san kamanaltihtoka.

—¿Yetiotlak otin atliltih wan tikin tlakwaltih, teleh?

—¡Kemah!

—Wan axan, nonyohki yotikin amakak wan tikitlamakak.
Kachi nanmehwankeh.

—¡Kemah, yonikin atlakwalmakak!

—Kwali. ¡Kenintikihta tla santinechmaktia chikweyi tomin!
Nihnekia nimits ihtlanilis se mahtlaktomin, yese tlahton minits-
kawilia ipampa tlahton nankikwaskeh ompik.

—Ye melawak. ¡Xinechmolwili kexkich nitewilikia! Yetih-
nekih tiaskeh ipampa ahmo sasan tlahka tiahsitiwe tochan.

—¿Tinech ihta niwetskatok?

—¡Ahmo! ¿Tleka?

—Ipampa inon. ¡Nimits ilwia xinechmakti chikweyi tomin!
¡Kox tihneki tihtlaxtlawas mahtlak tomin! ¡Nimitsin selia, eh!
Tlah ahmo nikamanaltihtok. Wan xikihto nimitspalewia, tlakah-
mo kachi nimitson ihtlanini. Sanontehwa xikasihkamati: In atl,

in sakatl, nanmokawkeh. Saye poliwi titlapohpohwtewas ikwitl in axnohtih.

—¿Melawak, inon tihmonekiltia?

—¡Yonimits ilwih! ¿Tlen tinech ixmati ipampa nikamanaltis motlan?

—Ahmo. ¿Wan ahmo kwali maski tlatlahko intlen tinech moihtlanilia? Ahmo sasan otihtlatlankeh.

—Ahmo. Wan kemeh nimits ilwia, nimitspalewihtok. ¿Tlenon tihchiwani? Yetiotlak. ¿Tlakahmo nihtohtokani in okse tlakatl intlen mits kwalanaltihtoka? Ohkion, ximechmaktih chikweyi tomin, wan oksepa, tlakahmo tihneki niantlen tihpohpolos, ahmo xikisa mochan. Kox kachi kwali, niankampa ximotepalwi. ¿Tlentikihtowaya, san ohkion nanmokawanih? wan intlenkikwahkeh inyokameh. ¿Akin nechtlaxtlawilis?

—¡Sasan patio! Nitemaktis maski chikwasen tomin. No tlatlawtia. Ipampa totahkon.

—¡Ahmo! Wantlakahmo tihneki nihkitskia semoyolkaw wan nihkawatiw ompa kaltlanawatiloyan ipampa kachi tihtlaxtlawas. Nikin ilwis nikan ahmotikwal chiwtewak.

—¡Kwalikah! nikankah in tomin.

—¡Yotikihtak, sayetihwika okakachi tlatlahtko!

Ihkwak inchanehki okiselih in tomin, ixkixka moixpatlak. Yepahpakiya.

In tlakatl Pedro wan Panchito waltlakoxkiskeh, nianakin kinekia tlahton kihtos, kimachiliyayah okin ichtekilihkeh itlatlanil. Ohkion mochi in ohtli walayah. Kachi yehwan ixpah, itech okse altepetl, kemeh weliwi walayah, okiahsikoh in Toti, yekiwal kwahtaya seitlaxkal wan, imatlah, seatsopelik. Yehwa san wewetskaya isel. Yehwankeh yakmo okinonotskeh, maski yehwa kin notstoka, ipampa oksepa seknin walaskeh ichan. Ahmo okinankilihkeh, wan san mo ohwikeh. In omentin mokawahwihkeh, wan kemeh tlahko tonalli, ahsitoh ichan. Ompa yekinchixtoka isowaw wan okseki isenyeliswan. Okinyektlalihkeh ninyolkawan wan kalahkeh ichan. Moyolalihkeh ihkwak okihtakeh itlak-wal ipampa in ahkopechtli. Kemeh okin ihtakeh tlakoxmohtayah, niantlen okin tlahtlanilihkeh, kimachiliyayah tlahton ahmo kwal katka. Motlalihkeh intlakakontli Pedro otetlsohkamatili intotahkon.

—Tlasohkamatih intoteotl ipampa axan yotitech momaktili intotlaxkal wan okse yankwiktonalli. Timits tlasohkamatiliah ah-mo titechmoilkawilia. Nonyohki xihmoteochiwili in tla-tlakaton chanehki. Kanin totepalwihkeh ipampa makiweyalti itomin. Nonyohki timits ihtlaniliah ipampa in okse telpokatl, xihmopahtili intla mopakkikon, ahmo ohkion yahtinemi, kox ohkion tihmonekiltia, mamochiwa motlanekilkon.

Isowaw in tlakakontli Pedro nonyohki omoteochiw sanihtek. Ihkwak otlayekonkeh otlakwahkeh okinnonotskeh tlen okin-panoltih, kenin okin chiwilihkeh ompa kanin motepalwihkeh. Ahmokikasihkamatiyah kenin in Toti yekin wikaya nanakameh. Yehwan, kemeh mochipah yantinemih itechi kwawtlahtli, yekixmatih tlenkawil yepewah kisah wan nonyohki kanin mo-yekmakah. Intlakakontli Pedro kilnamiktoka kenin opanok mo-chi wan okin ilwih:

—Axan nihnomachti, in tlen yekipiah iohnemilis, maski ah-motihkawas, welika tlamis in kanin welika yatas. Intlen ahmo moaxkah, maski tihpiyas, sanpanos.

3

Itechinonkeh imantih, in telpokatl Simón Xochimil, nonyohki moyolchikawaya kin temowiyaya in kwawtih, ipampa kinnamakaya itlan akinkeh kinye mochanchihchiwiyayah, yehwa sasankikwalihtaya yas kwawtemotiw, ik san weliwi kinnamakaya, yoyek momachtihka ika intlanamakilis mochi tlenkwali monamaka, weliwi kikixtiyaya. Yehwa kin namakaya axnohtih, tlamantih tlen monekiah itechin chantih, teposxitinkeh, wan okseki tlamantih. Okipix setepostlateski. Itechinonkeh imantih kachto omosetili itlan se ichpokatl tlen motokaya Celsa, san in ichpokatl kikwalihtaya setlakatl tlen yomosowawtihka. Ihkwak Simón kipiyaya kemeh tlahko xiwitl itlan in Celsa, kimachiliyaya tlahton ahmokwalpanotoka, wan okipihpix wan kinexkixtih in yehwa nonyohki tlachohwihtinenka itlan okse tlakatl. ¿Tlen okichiw?, okitohtokak isowaw, moxikoh ikwalanalis wan oki-piyaltih itlatlaxkalton in okse tlakatl. Panokeh seome xiwtih wan oksepa motemolwih okse, mosowawtih itlan in axan saye isowaw. Kemeh in oksetlakatl okihtak niantlen okihtoh in Simón, kilnamikiya oksepa kisowakixtilis. Yese in sowatl okilwih itlakaw inki yeyelowaya, in Simón okipihpix wan ihkwak okinamik sasan okikwawih wan, kemeh yehwa kihtowa, inon tonali okikwaltih ikwitl. Ixkixka inontonalli in tlakasowatlachtehki omokoko wan omik. Simón ohkion okimachili kipahpak ikwalnemilis. Satepa momaktih itlan tekitl. Itechinonkeh kawiltih mosetiliyaya itlan in Jesús in Toti. Moyekwikayah wan motokayotiayayah in omentin Nurrias. Simón yakmo kilnamiki tleka ohkion moilwiyayah. Wan kemeh Simón ahmoika tlahton ahmokwalkihtaya, kikwalihtaya itlan Nurrias mosetilis, wan seknin kwawtlahyayah. Kemeh in Toti nemia Amanaltenko wan in simón kachitlakpak, ihkawk mokawayah sankitlapichtilihtewaya wan yehwa kemeh yekimatia, saniman kisaya, kox sakichixtoka, wan yekwawtlah yayah. Sehpa omokawkeh tlehkoskeh kwawtla, maskitlahka, ipampa ompa mokawaskeh, ihsihkan kitemoskeh itlamamal wan nonyohki ihsihkan walmokwepaskeh ichan. Inontonalli Simón tlahton yekimachiliyaya.

—¿Wan tlekakomah tihnek titlehkoskeh imanin Nurrias?

—Ipampa ompa titokawaskeh, san ihsihkan tihtemowah in totlamamal wan san kwalkan yotitemokoh. Tlatiahsih wansaye mohta, chihton kwali titlatemoskeh.

—¡Ahmo nihneltoka!

—Ihkwak tiahsitiweh yepewas tlapoyawis wan satechkawilmaktis ipampa tikinyek ilpiskeh toyolkawan wan titlepitsaskeh, kox nonyohki tochantiskeh.

—¡kemah, techmaktis iman! Nehwa, tlamohta chihton, saspa nikintemos wan ihkwak tlatlalchipawas, sanikin tlamamaltis. Yetikihtas.

—¡Yemohtas tlen imantiahsitiweh! Nehwa nikihtowa kwalkan titlatemoskeh, ahmonihkwalihta itechin yowali nitekitis. Inyowali otechmaktihkeh ipampa tosewiskeh.

—Mmm. Nehwa kimaka, maski tlayowak, nitekiti wan niantlen nechpano. Ahmo nechmawtia niantlen.

—Niantlen mitsmawtis. Yese intonalkontli techmaktihkeh ipampa techmopalewilis wan ikxitlah titekitiskeh. In metskontli nonyohki tech pihpiya, ipampa titoyek sewiskeh, akah iaxka in tonalli wan okse iaxka in yowalli, ipampa ahmo okin setilihkeh, sehsen yekipiah itekiw wan inemilis.

—Niantlen pano. Tlatehwa ahmotihneki nintlen kichiwa, maski sannehwa nitlatemos.

—Tehwa tihmati. Nehwa. Ihkwak tiahsitiweh nikinyektlalis noyolkawan wan saniman nihchiwas tochachanton, kanin rikochiskeh, Yese kachto notlaihtlanilis itlan intlahpixkeh tlenompa nemih ipampa toyeksewiskeh. Satepa nihxotlaltis intlekontli, maski sayemohtas ixkixka mostla nitekitis.

—Tehwa tihmati. Sehsen tihtemoskeh tlentihwalikaskeh wan nonyohki sehsen yekimatis keninkineki tekitis.

Ohkion mononotstayah itechin ohtli. Simón kihtaya imaikniw ahmoyekyaya. Mohtaya sasan elsihsiwiya. Yekinekia ompayas ipampa tlatekis wan kinximas in kwawtih. Kemeh kiyek ixmatiah, okilnamik.

—"Inin telpokatl ahmokah yek, tlahton kipano kox kimachiliya, welika kineki yowaltekitis. Ahmonihmati. Yese inontlen kimachilihtiw ahmonihkwalihta, nesiskiani tlahton kiihsiwitia".

Ihkwak ahsiton ik kanin kitokayotiah tlalistak, Simón kinekia san ompik mokawanih. Ompik yeonkah tlenkitemowayah, nonyohki ahmo sasan wehka wan, ipampa kemeh saye ihsihkan katka, kwali tlatemosque, tlakahxiltiyayah maski yowali walmokwepanih.

—¡San nikanik tokawah! ¿Kenintikita?

—Ahmo. Nikanik ahmo onkah. Ompa kachitlakpak, inkanin tikihtohkeh, kachi onkateh in kwawtih wan kachiweliwi tikahxiltiskeh. Yetikihtas ixkixka ahmotihmatis katlehwa tihtekis.

—Kemah. Yese nikanik nonyohki onkateh. Tlatikalakih ik nakasko san Juan, ompik yeonkateh yektlenkwaltoton. Wantlatihneki, tikahxiltiah ihsihkan, tikintlamamaltiah toyolkawan wan, maski tlayowak, tokwepah.

—Ahmo.Tiawe ompa kanintikihtohkeh. Se yeyi kawil wanyotiahsitoh ompa.

Satepa yeniantlen okihtohkeh, yese sankikawiyayah in ohtli.

Ihkwak panokeh ik aixtelolo in yolkameh okin atlihtihtewakeh, nonyohki yehwankeh chinton konikeh, Toti sasan ihsiwia kisaskeh ompa. San kintemiltihkeh iatekomahwan wan sanima oksepa moohwihkeh. Panokeh kemeh seome wantlahko imantih wan ahsitoh ompa kanin kinekiah yaskeh.

—¡Yotiahsikoh Nurrias!

—¡Kemah, Nurrias! Yotikihtak ahmosasan wehka. Wanyakmo tihnekia tiwalas. Yetihnekia san ompa tokawaskeh. Kachikwali tokawanih ompik xihxiwyo. Jajajaja.

Simón tlahton ahmokwal kimachilih, wan mosesepots.

—¿Tlenon mitspano Nurrias? Ahmoika ohkion tiwewetska.

—Niantlen nechpano, san nech wetskitia inkachikwali tokawanih xihxiwyo, maski tlen awakwawitl tikin wikanih.

—Tehwa tihmati tlentihmachilia. Nehwa nitetlasohkamatilis ipampa yenikan tikateh. Wan nonyohki notlaihtlanilis itlan in tlahpixkeh ipampa nikalchihchiwas, ipampa tosewiskeh. Kikeh xihxotlalti intlekontli, yese nonyohki ximotlaihtlanili.

—¿Akinkomah nihtlaihtlanilis? Tla in akin iaxka mochitlen nomaikniw. Wan yehwa axan nechpalewis.

Simón yakmo kinankilih… Ihkwak otlayeko moteochiw wan motlaihtlanili, weliwi okintemoto sekikwawtoton ipampa kichiwas in kakalton. Chihton kitepachowaya imaikniw, ahmo yekmohtaya wan tlahtohtoka kemeh akah kinawatiyani. Momawtih ihkwak okihto akinkipalewia. Ahmoika okihtak kenin okixotlaltih in tlekontli, ihkwak kilnamiktoka, san mokweptewak, in tlekontli wehkapa yemoahkokwiya.

—"¡Ay, No tahtsin! Keninkomah okichiwilih, tlakinye kipehpenini inkwawitl wan yeompa kitetekpan. Kachikwali nihsiwis, yetlapoyawis, yakmo nitlahtlachas".

Saniman ihkwak okin ahxiltih in kwawtoton, weliwi okichiwato inkakalton. Kikeh in Toti, ¡Kemomatis tlenyekichiwtoka!, sanmokakia sasan tlatekia. Maski yakmo mohtaya, Simón kinekia kiahsitiw, yese kemeh yekxiwtsakwtokah in kwawtlahtli, ahwel senemiah itechin tlahtlayowali. Okinots ipampa seknin mokochkayotiskeh. Yese yehwa ahmotlanankiliyaya, wan chikawak kitlapichiliyaya, nesia ahmo kakistia. Kikeh tlayemaniayaya intlakwal kihtaya in tlekontli sasan kiyeyelowaya wan ahmo sasankwawitl kipiyaya, nonyohki ahmo yehyekaya. Ihkwak kitopewiliyaya sekwakwawton in tlekwili, ixkixka kwekwepokaya intlekontli. Kemeh kiwikaya se koko-malton, ipan kitotonihtoka intlaxkalli wan in tlakwali, ihkwak walahsito in Toti.

—¿Yetitlatotonihtok? Yoniwalah nimitspalewiko. Nikintemohtinemi intokwawwan, ipampa mostla satikintekiskeh wan ihsihkan tokwepaskeh.

—Kemah, nimits tlapichilihtoka Yese niantinechkak. ¿Tlensayetitlahtlacha? Sasan tlayowatok. Nianmohta niantlen. San nihkakia titlaxehxelowa ¿Kanin yotitlatek?

—Ahmo. Nian nihwikak notepostlatehki. ¡Xikihta nikan nihkawtewak! San nihwikak nomatepostehki ipampa notla ¿pohpohtiw ik kanin nipanos wan nitlasasakas.

—¡Ah! ¡Manikihta, manikihta!

—Tikithowa ahmo otihwikak motepostlatekilis. ¿Tlatehwa ahmo titlaxehxelohtinenka, akin tlaxehxelohtoka, ixkixka nikan mokakia?

—Ahmo ximomawti. Satepa yetihmatis. Mostla kwalakan yetikihtas. Axan matokochakayotican, satepa yetosewikan. Ahmonihmati tlanikochis. Tehwa ximoteka wan tlatlahton tihkaki, ahmotiwalacha.

—¡Tehwa timotsonyehyekakweptok! ¡Yakmonimits ixmati!

Satepah otlayekohkeh mokochkayotihkeh, Simón mokochyanchiwih wan okihtak in Toti nonyohki yemotekatoka. Ahmo okimachilih ihkwak okochwets. Siawtoka ik weyak katkah in ohtli, tlahkotonalli onehnenkeh, ixkixka ompa ahsitoh. In Toti san chihton omotekak wan omochix ik imaikniw makotalo wan saniman oksepa omewtewak. ¿Tlenkichiwato? ¿Caninoso? Ahmomomati.

Simón ihsak, yekihxitihtoka in Toti. Ahmo okimachilih kenin opanok inyowalli. Walkochwets. Nianchihton tlahko yowalli ihsak. Imaikniw kihxitihtoka, wan kemeh ahmo ihsaya, yekiolinihtoka chikawak.

—¡Nurrias, xihsa! ¡Xihsa, Nurrias, yotlatlalchipaw! ¡Yexmewa, matikintlamamaltikan toyolkawan wan tiawe! ¡Xihsa Nurrias!

—Jjrr. ¡Xinechchiya! Sanoixpohpowa wan niyek ihsa.

—¡Yexmewa! Samitschixtok motlamamal. Matitlachihchiwakan wan tiawe. Tlakahmo tiihsiwih tiahsiskeh tlahka ompa tochan. Ahmonihneki masasan siawikan intoyolkawan. Xikin yektlali, saspa matikin, tlamamaltikan wan tiaweh, chihton tihyemanihtewah totlaxkal wan titlakwahtiweh itechin ohlti. Yonitlepits. ¡yese xihsiwi!

—Tlati ihsiwi Nurrias kachi kwali xitlayekana, nehwa kinye nikintemos wan nitlaximas, sasanwehkatikateh wan tla san ohkion nikintlamamaltia kinsiawitis. Axan sankwali, ahmoximitekipacho, se ome kox yeyi iman, yonikahxilti notlamamal.

—¡Ahmo, Nurrias! Nimits ilwihtok xihsiwi ipantitlamamaltiskeh, yese mochtin toyolkawan. In tlamamaltih nikan yekateh itenko ohtli, ompa nikin kaw ipampa ahmosasan wehka titlasasakaskeh. Axan xihsiwi. Xikin pachoh in yolkameh wan ompa, ye tikihtas tlanimits kahkayawtok.

—¿Wan tleniman otikin tek? Tlasasan tlahtlayowatoka. ¿Tleh titlachaya? ¿Kox ahmotimotekak?

—¡Tehwa ahmo xitlahtlani, san xitlatlakamati! ¡Xikin nechiko mochtin motlamanwan wan tinech ikawia! In pehpechtih yonikin sasakak, sapoliwih inkanin timotekak.

—¡Ahmo nimits neltoka! Titlakwatl.

Okikawih inToti wan itechin ohtli kilnamiktaya tleh melawak tlen okilwihtoka.

—"¿Keninkomah okichiwili? ¿Tlah ipampa sasan ihsiwia ihkwak tiahsikoh?"

Miyakeh tlamantih tlayeyelowayah itechin itsonteko. Kikeh nehnemia kintemohtaya ikwawwan ipampa saniman mokwepas kintekikiw. Ahmokineltokaya in Toti. Tla ineyo yokin ahxiltihka san itlamamal. Nonyohki ahmo kikwalihtaya mochi tlen kihtaya. Kineltokaya inToti motsonyehyekakweptoka. Ihkwak ahsito itenko in ohtli, ahmo kineltokaya tlen kitstoka. Ompa yekatkah mochtin tlamamaltih wan yektlachihchiwkatkah. Yehwa kixmatia kenin tlatekia wan tlaximaya in Toti. Ahmo okineltokak yehwa okinchiw. Mochtin in kwawtih katkah yekmelawtoton nesia okin panoltihkeh sepitsakmekatl. In tlaximalli nonyohki nesia ika tepostlaximali. Sasan petstikeh mohtayah ixkixka petlaniyah.

Ahmo mohtaya in kwawtextli tlen okin kixtilihkeh in kwawtih. Tlahtlachix iyewalko kinekia kimatis keninkomah okinwilan ixkixka ompa. Niantlen mohtaya nian itlakxiwan ik kanin yehwa papanowani, neskia okin patlanaltihkeh wan sankwali okinyektlalihtahkeh. Simón ahmokimatiah tlamelawak, kox kitemiktoka in yeompa katkah ikwawwan. In Totih san ixwetskaya.

—Xikin tlapehpeni katlihkeh tikinwikas wan xihpewa xitlamamalti. Mochtin ineskah, ohkion kemeh tekpantokeh.

Simón ahmokimatia tla tlachihchiwas, kox kintemotiw okseki. Ahmo momachiliyaya ipak. Kineltokaya ipampa yekin itstoka, yese kimachiliyaya san onpoliwtewaskeh. Okintlamamaltihkeh in axnohtih wan chihton okiyemanihkeh itlakwal.

—¡Axan kema, tiaweh Nurrias! Titlakwaskeh itechin ohtli, ahmo nihneki matechon ahsi tlatotonilotl ixkixka titlehkoskeh in tlatlaixton, nesi ahmo yehyetikeh, yese kemeh wehka.

Itechin ohtli Simón kilnamik in yowalli, ahmo kimati tlaokitemik noso okimachilih: Inyehyekatl chikawak tlapitsaya nesikoma kinekia kintlamotlas in kwawxiwtih, inkokoyoh chokistsahtsiyah, intetekoloh tesomahmawti chochokayah, in okseki yolkatoton omotlatitoh tlahtek itlakohkoyo. Seweyitentso ones-

tewak. In Toti ihkwak okihtak ahmo motowetso, motlankwa-
kets, wan iselmomaktih itlan ipampa makimaktih chihchi-
kawilis, ipampa mochitlen yehwa kinekis. In weyitentso okih-
tak, san mahka okitehtewihtewak. Ompa okimimilo, itlan oma-
wiltih, wan saniman opoliwtewak. Oksepa owalnes wan axan o-
kin maktito in kwawtih inonkeh okintemotoh in omentin. Okin-
kawilito itenko in ohtli, kikeh in Toti san tlankwaketskatka.
Ipampa ihkwak yeowaltlanes yeompa katka intlamamal. Mochi
inon tlen panok, Simón, kemeh nehnemiya, nesia kitstoka. Mo-
chi itechin ikwatetex kipixtoka. Itlahtol inToti okikixtih tlen iil-
namikilis.

—Yotahsikoh intlatlaixton. Xikinpewa moyolkawan, yemo-
kawtiweh. Tlakwah yokinsiawitih itlamamal, yakmotlaxiko-
wah. Xikin ihta, yeiitonaltiweh.

—Ah kemah, yomoiitonaltihkeh.

—¿Tlenonkomah tikilnamiktiw, nesitiwalkochtiw?

—Ahmo, san tlakwah ahmoniyek koch yetiotlak.

—Saniman ihkwak otimotekak opewtikotaloh. ¿Wan
tikochisnekị? Xinechkawili nehwa. kemeh ahmo nikochisne-
kiya kachikwali nimew wan nihtemoto intotlamamal.

—Tlasohkamati. Yese ahmotinechin temowani. Nehwa nikin
tekini. Ahmosasan nihkwalihtak, in sannitlamamato, nesi ahmo
no axka nihmachilia satepa tinechin ihtlanilis, tlaohkion, kachik-
wali san nimitspalewia wan satepa, nokwepa ninotemowikiw
okseki.

—Ahmo ximotekipacho. Nian niwehkaw, saniman nikin ah-
xiltih. Seyeyi iman ipampa nikintek wan nikinxin wan, okse
tlahko iman ipampa nikin sasakak.

Ohkion mononotstayah kikeh kitlehkawiyayah in tlaixtli. Iyol-
kawan in Simón yakmo tlaxikowayah wan saye poliwia kemeh-
tlatlahko tlaixtli. Kemomatis tleka yese sasan miitonaltiyayah,
sankwali tlehkotayah, nesia akah kintsintilanaya. Iyolkawan
inToti sankwali nehnentokah, yehwankeh ahmo kin yetiltiyaya

itlamamal. Inon ohtli katka chihton tlaixtli, tehteyo, san kampa motekwiniyayah in yolakatoton. Simón kimachiliyaya sasan moweyakiyaya inohtli, iyolkawan sasantehsikayah. Chihton okintsakwlih wan okinsewih.

—Xitlayekana Nurrias.

In Toti nonyohki okintelkets iyolkawan ipampa mosewikan. Panokeh se mahtlak imantoton, in toti opew momayemaniyaya, wan okin tlepichili iyolkawan Simón, akinkeh otlehkokeh in tlaixtli kemeh nianyetik. Ihkwak ahsitoh tlakpak nesia inyolkameh kinye okintlamamaltiyanih. Ahmo opanok miyak iman wan oksepa inyolkameh yakmo tlaxikowaya. Ipampa inonkawil yetlahko tonali katkah wan saye kinpoliwia tlatlahko ohtli.
Simón kilnamikiya.

—"¿Tlenonkomah techpanotok? Ahmo tinehnemih, santikateh itech setlalpan. ¿Tlah ahmo itepak intotahkon intotlamamal? Niantlen nihkwalihta tlen nihmachilihtok. Saye techpolowa tlahko ohtli wan ohkion kenintiyaweh, tiahsitiweh tlahkoyowali. Ahmonehnemi chikawak inyolkameh, nesi sasan kinyetiktihtiliya".

Mochipah ompik kanin katkah, tlahkotonalli intotomeh tepaktlahtlapitsayah wan in tochtoton sankampa nestewayah. Inontlahkantli niantotomeh, nian tochtih moixnextiyayah. Ipan yehwankeh, itenko inohtli sankampa mohtayah kokowah wan kaltetepohtih, sankampa motehtetsilowayah, ahmo moolinkeh ihkwak yehwankeh panotayah. Simón kinekiah kinmiktis, yese imaiknw ahmo okikaw. Sankon ilwih:

—Ahmoxikin miktih. Pahpakih iktipanoh ichan. Yehwankeh tech pixtiweh, maski ahmotihneltokas.

—Ahmoika nihkwalihtak manechikawikan inonkeh ahmokwalyolitoton. Ihkwak nikihta sekowatl kox sekaltetepo, nisesepoka wan ahmonoyekmachilia, ixkixka nikin miktia.

—Ininkeh yolkatoton tech ikawihtiweh, san ahmo moixnextiah, san chihton moihtitihtiweh. Yetikihtas ihkwak tiahsitiweh, nonyohki tikin ihtas in kachto tikalakiskeh intoaltepew.

—¿Wankenin tihmati? ¿Koxtehwa tikinnotsa?

—Ahmo. Yese yenihmati, mochipah ihkwak niwits kwaw-tlah, ohkion nikihta.

In yolkatoton, melawak, san kampa kinihtayah, nesia kin ika-wiyayah itechin ohtli. Simón okinihtak ixkixka wal okiskeh, ye-se niantlen okihto. Kikeh nehnemiah otlakaktahkeh. Simón kih-taya ahmo wehka yayah iyolkawan, maski yokahsikah temotla-ixtli mohtaya kin yetikiltiyayah itlamamal. Ahmochikawak neh-nemiah wan mochipah iitonaltokah, sankwali kinwilantayah i-kwawwan. Simón kilnamikia:

—"¿Tleka ohkion kinpano? Yomomaxalohka ihkwak yaya-kwawtemos weliwi kin ahxiltiyaya wan. Maski kachitomakti-keh, ahmo kimachiliyah wan, yekimatih weliwi nehnemiskeh ihkwak kimachiliyayah yetik itlamamal, ipampa saniman tlate-mowiskeh".

Nonyohki yomomaxalohkeh tepak kinehnemih iohwiw ihkwak panotaya san kampa tlahtlapitsah totomeh".

Iilnamikilwan okinkotonkeh in ahmokwal ohtli wan inahmok-wal iman tlenkipanotokah. In yolkameh oksepa motelketskeh ik yokinsiawitihka itlamamal. Okintlatemowilih wan okin kaw ma-chihtoh mosewikan. Saniman okin wikak kanin onkatka sakatl ipampa matlakwahkwakan. Kikeh, inToti noyohki okintelkets iaxnohwan. Yehwankeh nonyohki yosiawkah, yese yehwa ahmo okinek okin kixtilih nintlamamal, san ixwetskaya wan tlahtowa-ya ika oksetlahtol, Tlen kihtohtoka ahmo kaxtilan nian totlahtol. Simón okin ahkokwihto in kwawtih ipampa kimatis tleka yokin siawitihka inyolkameh. Kinekia kihtas tleh melawak sasan ye-tikkatkah.

—Nurrias. Yakmo nihmati tlen nihchiwas. Ahmonihmati tlanikan nokawa wan mostla, oksepa, nikin tlamamaltia, kox ni-kinkawtewa ¿Kenintikihta?

—Ahmo ximomawti Nurrias. Xikinkawa machihton tlakwahkwakan wan oksepa tikin tlamamaltiskeh. Welika, axan maskitiotlak, tiahsitiwe tochan wan, mostla wiptla oksepa tiwalaskeh tikin anakiweh okseki, kin nektokeh miyakeh. Ininkeh kwawtih ipampa mostla kwalkan, yeonkah akin kinwikas, setlatlakaton onechin ihtlanili. Wantlahtihneki nonyohki makinwika inmoax-ka.

—Kema, yese satikihtah tla tlaxikowah noyolkawan. Ahmonihneki welika nikin tlamamaltis, onmokokoskeh. Sankwali nikin wikas ipampa mamosewihtakan, niantlen kichiwas tla mostla kwalkan niahsitiw. Tlatihneki kikeh xitlayekantiw?

—Ahmo, tosepan tiwalahkeh wan tiseknin tiahsitiweh. Kihtoskeh mosenyeliswan yonimits kawtewak. ¡Ahmo Nurrias! Nimits chixtas kikeh nonyohki mosewihtiweh noyolkawan, nonyohki siawih ¿Tlentikilnamiki ahmo? Nonyohki tehsikahtiwe.

—Kema, yonikin ihtak. Xinechnonotsa akin kin anatiw inkwawtih. ¿Kanin mowikiliskeh noso kanin motemowiskeh? ¿Tleh yehwa kinsasakas tochan? Tla ohkion, tikin temowiah sansehkan. Ompa yas ixkixka tochan, tlatihneki. Tikin kawah ompa nochan, itenko mochan, noso ipan ohtli.

Opanok kemeh seiman wahtlahko, kikeh mononotsayah, in yolkameh yomosewihkan wan yotlakwahkan. oksepa okin tlamamaltihkeh. Ihkwak okin napalohkeh inkwawtih nesia ahmoyehyetikeh. Inyolkameh kemeh chihton mosewihkeh, tlakwahkeh oksepa yemohtayah chikaktikeh. Okinpewihkeh wan weliwi walmotemowikoh. Ihkwak ahsikoh nikan ik kanin motoka Tlalistak, intonalkontli yomokalakihka wan in yolkameh, oksepa, yetehsikayah mochtin.

—¿Nurrias, ik kanintiyaskeh, ik Colonia, kox tihneki tikisatiweh tlapawetsian?

—Tikisatiweh tlapawetsian. Nipanos okan Ahmokwaltlakxitl kikantewas tlahton. Tikin atlitihtewaskeh intoaxnohwan nikan Tlekwilak. Oksepa, tikinchaskeh, ok kakachihton mamosewikan ¿Tlentikihtowa Nurrias?

—Tlakwah kema Nurrias, oksepa yomoitonaltihkeh wan ye-
tehsikatiweh, wan oksepa yenehnemih yolik.

Ihkwak ahsitoh Tlekwilak chihton mosewihkeh wan kina-
tliltihke inyolkatoton. Itechinon iman yekatkah kemeh chiknawi
kawil. Ihkwak oksepa moohwihkeh yemahtlakiman katkah.
Ixpah yehwankeh katka okse tlatlaixton wan inon, Simón kitepa-
chowaya, ahmo sasan weyak katka, yese kemeh inyolkameh yo-
siawkah ik mochi intonali tlamamahtokah, saniman siawiah wan
ahmokimatia tlakemah tlaxikoskeh. Sankwali okinpewihkeh
wan maski yolik okisatoh tlakpak intlatelli. Ixkixka nikan, ipam-
pa Ahmokwal Tlakxitl yakmosasan wehka. Kemeh mopachoh-
taya in yolkameh kachi yoliknehnemiah, mohtaya tlahton kitsto-
kah, sasan momawtiyayah wan motowetsowayah. In Toti kin no-
notsaya wan kin yolsewiyaya. Ihkwak ahsitoh Ahmokwaltlak-
xitl, in yolkameh sasan sesepokaya wan motitilanayah, nesia
tlahton kin mawtiyaya. Ahmo kinekiah panoske, welika okin ti-
lankeh wan ihkwak panokeh, otsikwintewakeh kemeh tla tlahton
yani ikxitla wan okistewakeh. In Simón tlakahmo moihkwaniya,
kipachohtewah. Ihkwak panokeh wan nehnenkeh chihton, in To-
ti Okilwih in Simón:

—¡Xinehnemikan! Xikinwikah, weliwi nokwepa wan saniman
nanmechon ahsitiw onkanik. Yakmo ximotekipacho, sankwali
ahsitiwe toyolkawan.

—¿Tlenonkomah tihkanatiw? ¿Ahmokwali oksetonalli?

—Ahmo, saspanipanos. Xinehenemikan, saniman nanme-
chon ahsitiw.

Toti owalmokweptewak, kikeh Simón kinwalikaya mochtin in
yolkameh. Yehwa nonyohki momawtihkatka wan maski niantlen
okihto, nonyohki tlahton ahmokwal okimachilih ihkwak pa-
nokeh Ahmokwal Tlakxitl. San yolik moteotlaihtlaniliyaya ipan.
Simón yekimatia ompa ahmo kwal ohtli, ipampa ohkion kitoka-
yotihkeh. Miyakeh yokinpanoltihka ohkion: ahmo mochtin ki-
neltokayah, ixkixka ahmo okinpanok. Simón kinpewaya inyol-

kameh, weliwi temokoh, ihkwak kimachilih yemohtaya inaltepetl, wewehka yeonkatka tlanextli, yetlanexmohtaya, Yemohtayah inchantoton. Chihton moyolsewi ihkwak okilnamik yeahsitiw ichan. Tlamalakachohtoka Tlailakatsko ihkwak okihtak inToti yeompa yewatoka, yekinchixtoka. Ahmokineltokaya tlayehwa.

—¿Tehwa, Nurrias? ¿Ik kaninkomah otiwalah?

—Nikanik nitlamelaso, ik Tekaxtitlah. ¡Ahmoniwehkaw!

—¿Owaltimitlaloh kox otipatlan?

—Sankwali niwalyahyahta. Yenihmatia kachi nanwehkawaskeh, ik in nantlayewalotoh mochi Weyikolostitla wan Metepek. Satepa nanwaltemotiweh itechin tlaixtehteyo, mochipah yolik.

—Inonkemah, yese tiwalah weliwi. ¿Wan tlenipampa otimokwep?

—Nikihtato se kwawitl ipampa nitlaxaman kixtis, ahmonihneki manechtlatlanilikan. Saye ompakah. Itech ininkehtonaltih nikanakiw, nech kisaskeh kemeh se makwil tlamamaltih.

—Mmm, senkakwali. Yotiahsikoh tochan. Axan xikihto kanintitlatemowiskeh. ¿Tihneki tikin temowiskeh ompa mochan, ipampa ompakin anatiweh intokwawan, noso san nikan tikin kawah wan mawalewakan nikan, Kox sensen makin namaka?

—Tikin temowiah ompa nochan. Tlakahmo tikihtos sanimitskahkayaw nimitsin namakiltis. Akin kinwikas ompa yas nochan. Ahmonihmatih koxkinekis walas nikan tlakpak. Tiaweh, ompa titlatemowiah.

Tlatemowitoh ixkixka Amanaltenko, ipampa ihkwak tlanesis akah kin anatiw nintlamamal. Simón kineltokaya kox ahmomelawak, kemeh yehwa okin nechikoh kinekis tlahton motlatlanis, noso mokawilis mochi tlen kimaktiskeh tlentlanamakilis. Simón ahmokinekia tomin tlayolkokoli, tlaohkion kinekia kichiwilis, niankitlahtlanini.

Ihkwak ahsito Amanaltenko tlatemowihkeh. In iknoyolkatoton

sasan tehsikayah wan iitonaltihkayah, yokin yetilihkah itlama-
mal. Sasan iitonaltokatkah, yakmo moxikohkeh ihkatoskeh sa-
niman omotlamotlakeh. Kinyektlalihkeh inkwawtih. Wan mo-
chixkeh chihton maitstikan inyolkameh ipampa kin kixtiliskeh
nin tlapehpechwan, kin atliltiskeh wan kintlamakaskeh.

—¿Tlentihmati Nurrias? ¡Kachikwali xonmosewih mochan,
ohkion tikinkawah intoyolkawan. Yakmo wehkawas tlatlachi-
pawas, ihkwak tlanesis nehwa nikin amaktis wan nikin tlamo-
chilis chihton sakatl, kikeh ohkion mamokawakan, san xikin
kixtilih motepostlatektli kox momatektli, ipampa ahmo onmo-
tehtekiskeh tlamomimilowah. Xiyekmosewi. Wan nimitska-
wilitiw motomin nonyohki nimitsin wikilis moyolkawan.

—Kemah. Ohkion tokawah. Yeniyaw. Tlaniihsa kwalkan wan
ahmonitlatsiwi, niwits nikin anakiw noyolkawah, tlahtimo-
kochihsolowa.

Simón otlehkoto ichan, itechin ohtli oksepa kilnamiktaya mo-
chi tlen okihtak wan kenin mochi okinpanok. Simón kimatia ah-
mo itlanekilis intotahkon, ipampa inyolkameh sasan okin sia-
witih intlamamal wan in nehnentli setonalli wan tlahko, non-
yohki ahmo okikwalihtak. Ihwak ahsito ichan isowaw okiselih
itechin kalakoyan, ahmo moyekihtaya, motekipachohtokah ik
itlakaw. Motlahpalohkeh wan okalahkeh tlahtek inchantli.

—¿Tlentihchiwa nikan tiihkatok sowatl? ¿Tleka ahmoti-
kochtok? ¿Tlen ahmotisekmiki? ¿Ahmo tikochisneki?

—¿Tlenon nihchiwtok? ¡Nimits chixtok! yonotekipachohka
ahmo tiwalahsiya. Yetiotlak sasan ahmokwal nihtemiktoka. Wan
axan oksepa yetlahkoyowalli wan ahmotiwalahsi, ahweli niko-
chi, kachikwali yonitlepits, noyemanihtika.

—Sowatl yenikan nikah, ximosewi. Niantlen onechpanok,
san wehka otiahkeh wan tiwehkawkeh ik inyolkameh ahmo
tlaxiko-wayah.

—Inontlen nankikwitoh ahmototah itlatlanekilkon. Miyake
tlamantih nikihtak yetiotlak, ipampa ahwelmikochiya wan san

nikilnamiktok. ¿Axan, motlamamal kanin otihkwa?

—Nihkaw mochi ompaikal inToti, mach yehwa kinamakas. ¿Kwalitinech ilwis tlenonkomah tikihtak kox otihtemik inon ahmomitskawaya tikochis?

—Kema, xihkaki: Yetotekakah wan kemeh tlahko yowalli nihpew nihtemiki nan mehwankeh nankatkah wehka, itech-sekwawtlahtli in kanin nianakin ompa ahsi, san ompa yaweh a-kinkeh kin notsa in Temiloh. Maski ahmotihneltokas, nihmati kanin onanyahkeh. Ihkwak ompa nan ahsitoh tehwa saniman otitlepitsani, yese kachto titlapohpow kanin nankochiskeh wan-tihnechikoh kwawitl, ihkwak tomokwep wan otikihtak intle-kontli yewehkapa moahkokwiya. Satepa ihkwak nanmo-tekakeh, yehwa ahmo okoch, ome kawil kachitlahka omew, omotlankwakets wan tlahton omotlaihtlanilih. Ahsito seweyi tentso wan opew okitehtewi, okimimiloh, kemeh tlaxiko intent-so okintekito inkwawtih, ihkwak otikihsak satinkin tlamamaltih moyolkawan, ipampa kinye tiwalahsi. Ahmonihmati tlaonih-temik, kox intotahkon onech moiihtitilih ipampa nikihtas, yese mochi san nikitstikah sasan chipawak. Saineyo nikilnamiki nan-mehwankeh nanwalkwahtayah nanmotlaxkal itechin ohtli. Yeh-wa ahmo okinek ik yekipiyaya iman ipampa nankikawaskeh kox nanki-saskeh tlen ompa, tlakahmo nankisanih, ompa nan-mokawanih wan yakmoikah nimits ihtani.

—¡Ay intotahkon! Yotinechon mawtih. Melawak mochi tlen-tikihtothtok, ohkion mochi opanok. Ihkwak titlehkoyah setlaixtli intoyolkawan sasan osiawkeh, welika tikinkawkeh machihton mosewikan. Mochi in ohtli ohkion tikin walikakeh, sankwali, iksasan yetik katka itlamamal. Ahmonikasihkamati tleka sasan otiwehkawkeh, ahweltiwalahsiyah. Ixkixka ihkwak tipanokeh ompa Ahmokwaltlakxitl onikihtak yemelawak tinehnemiah chikawak. Weliwi titemokoh. Axan in Toti oksepa kineki ompatikin anatiweh okseki kwawtih, nikilwih yakmo niyas, wan kenin tinechnonotstok. Kachikwali yakmoika itlan niyas, ninotlatilis. Wantla, inonyowalli intemiloh okimawiltih, ipampa ahmo kwaltlakatl omokwep, nehwa nonyohki onihtemik, mochi ohkion onikihtak, kemeh tikihtowa. Intomin inon kihtowa onech-maktis ahmonihselis, tlaineyo nechmaktia. Nihkawilis ipampa mamopalewi, san nikin anatiw noyolkawan kwalkan kox tlahko tonalli ipampa mayekmosewikan. ¡Iknototon, nonyohki yek osiawkeh! Tlayehwankeh tlahtowanih tech ilwiyanih tlen okihtahkeh ompa Ahmokwaltlakxitl.

—Tehwa tihmati tlentihchiwa ikan motekiw wan ikan motomin. Maski santotlaxkal ika istatl tihkwaskeh, ahmoximotekipacho. Totahtsin ahmo techmokawilis. Axan xiwalewa tlahton ximokochkayoti, xihtetlasohkamatili saniman matotekakan, mostla yehwakon yekimihtalwis.

Ihkwak otlatwik, Simón ahmo okinek mewas ihsihkan, okilnamik isowaw okihto mayekmosewi, intomin ahmo tetekitiltia ipampa semokochihsolos. Yehwankeh yomomaxalohkah wankimatiah maski nohpaltoton kox kilitl kikwanih. Sankwali oksepa mokochkaw wan itech tlahkotonalli oki ihxitito in Toti, yekinwikiliyaya ninyolkawan wan tlahton tomin. Tlen yotlanamatka. Ihkwak omew, inyolkameh yeilpitokah itech in kalaxno.

—¿Ahmo xitlachichina, kinyetimehmewtiw?

—Kemah. Niantlen nechtekipachowa ipampa kwalkan nimewas. ¿Wan tehwa tleka sasankwalkan otimew? Yenikilnamiktoka nikin anatiw noyolkawan ompa mochan. Axan niankanah niyas. Mostla nihnektok nixanchiwas ipampa nokalyekchihchiwis.

—¿Tlenon? ¿Yakmo tihnekitiaskeh tikin anatiweh okseki kwawtih? Yonikin namakak, yokin anakoh. Wan onech ihtlanilihkeh okseki, sasan okinkwalihtakeh. Nihneltokaya oksepa tianih wan maski ahmo sasan ixkixka ompa, san nikanik Amaxyo. Yese tlahamotihneki tiyas, maski nihtlamotlatiw inkwawtli inon nimits ilwih ipampa nitlaxaman kixtis, itechin okseki tonaltih oksepatitlehkoskeh tosepan. ¿Kenintikihta?

—¡Maohkion mochiwa, Nurrias! Wan intomin inon mitsmaktihkeh, tlatinech maktis kox ahmo, ahmoximotekipacho, satepa nehwa nitlaxotla. Axan nimitspalewiah, wan oksepa nehwa nokawilia wan ohkion topahpalewtiweh.

—¡Ahmo, Nurrias! Nikankah motomin, moaxkah wan motekiw. ¿Keninkomah tihneltokaninokawilis? Xinech ilwi, tlaohkion kox tihnektoka kachi. ¡Tlah ahmo inon ipatiw inontihnekia, koxtikin namakanih kachi patiohkeh!

—San ohkion, Nurrias. Tlentinechmaktihtok kwalikah. Wan tlasohkamati ipampa yotinech palewih yakmo nitlanamakato. Axan xinechtlapohpolwi, nikin ilpitiw noyolakawan itenkonotlal, matlakwahkwakan chihton sakatl.

—Kemah Nurrias, satepa oksepanimitsantewa ipampa tiaskeh tikwaw anatiweh.

Ihkwak oyah in Toti, saniman okilwito isowaw tlenokimaktihkeh wan yehwa okilwih:

—Xihkowa se kandela ipampa tihxotlaltiskeh tlahtek inteopankontli, ipampa mamochipawa intomin wan matechxinacho, ahmo sanpanos kemeh akontli, ik ahmokwal.

Panokeh sekitonaltih wan oksepa opanok in Toti okiantewak In Simón ipampa oksepa kwahkwawitiweh, yese Simón yakmo o-kinek itlan oksepa yas. In kachto opanok okilwih ahmokipiyaya kawil ipampa kwawtlahyas. Wan ompa kipiyaya miyak tekitl. Wan ohkion kiwalmikaya mochtin tonaltih, ihkwak panoya kiantewas, kimaka kititlaniyaya isowaw ipampa tlahtonkikahkayawas. Kemeh yekatkamaxalolis mochipah makilwih ahmo kineki yas kox ahmo moixnextiyaya. In Toti yekikwalanaltiyaya. Sehpa ihkwak okiantewak, ahmokinekia yas ixkixka makisa in Simón ipampa kwawtlah yaskeh. Inontonalli ihkwak okikahkeh yowahsito, Simón okilwih isowaw makinawati in yehwa ahmo ompa katka.

—¡Xikilwi in Toti ahmo nikah! Wan xihtohtoka, ahmo kikasihkamati ahmonihneki niyas itlan.

—¿Yetih antewa notlakaw? Ahmo nikankah, oyah xiwtekito ompik Tlatetemaloyan. ¿Tlen ahmo oitkihtak ompik?

—Ahmo. Ahmo onikihtak. Nikantewa ik tikihtohkeh tikwah-kwawitiwe toseknin. Yotononotskah.

—Ahmo nikankah wan onechilwihtewak tlatipano manimits ilwih kachikwali xiyaw mosel. Yehwa kipiatekitl nikan, tle-nonnoso kichiwas. Axan ahmoyas, satepa tikantewa, tlahineyo oksepa moyolchikawa.

—Kwali, yese xikilwi maahmo motlati. Mayehwa nech-nawati.

Ihkwak okalak okilwih tlen okinankilih inToti. Nonyohki o-kihtak okikwalanaltih.

—Kihtowa mach ihkwak ahmotiyas, ahmo ximotlati wan teh-wa xihnawati. Ahmokinekia yas, ixkixka tikisani.

—¡Tlen welika itlan niyas, ahmo kwali yas isel! Axan ihk-wak oksepa panos tikilwis ahmonikah, ik tlanehwa nikisa san nikon tlalochtis ika tlekweponlti.

Panokeh kemeh kaxtoltonaltih wan in Toti yakmo omokwep, yese panok semetstih, oksepa moixnextih. Inontonalli kachi kii-siwitiyayah in sowatl ipampa makinotsa itlakaw.

—Xikasihkamati ahmonikankah notlakaw. Tlanikan yani, ¿tlenipampa nimits tlatilis?

—Xih notsa. Ompa kah kalihtek, san yehwa omits ilwih mati-nech nawatih ahmo onkankah. Xihnotsa.

—Nimits ilwihtok ahmonikankah. ¿Wan kenintihmati yehwa ahmo okis?

—Nehwa ahweli nan nech kahkayawaskeh. Tlatihneki ixkix-ka nimits ilwia tlenon mits ilwih wan kenin motsotsomahtihtok. Axan yehwa yewatok wan santech kaktok. Satepa oksepa nipano wan yakmo xinech kahkayawakan, mochitlen nihneki nihmatis nihmati.

Ihkwak inon okilwih insowatl okimachilih inelwayo moko-lochoh ika mochi inakayo. Inon okilwihtewak ahmo okikwalihtak, okiyehyekamachili itstik, kinyeh walkisaya intonal-kontli. In ilwikatl mextentewak, kemeh chikawak kiawis. Iktlatsintla yemochiwayah yehkamalaktih wan itech inonkeh tonaltih ahmo ikawiltih, ahmoika ohkion mohtaya. Niantlen okilwih itlakaw. Ihkwak okalak sesepokaya, kilnamikia kenin okitstewak inon tlatlakaton, itlachialis ahmotlakaihkak katka.

—¿Tlentihmatis, sowatl? Yakmo nihkwalihta manech antewa in Toti. Nikilnamiki inon yowali okimawiltih in Temiloh, ipampa axan kihtowa ahweltihkahkayawaskeh. Wan kipia itlahtol. Tlen nihchiwas ninoyeknonotsas itlan, wan satepa yakmo nihtemos nonyohki nikilwis mayakmo nech temo.

—Kachikwali ohkion, ipampa yakmo mitstemokiw. Ahmo mochipah nimitstlatihtas.
Yenipinawa. Yehwa ahmonech neltoka. Nikilnamiki kimati ixkixkatlen tikihtowah. Sasan yonechmawtih.

—Ahmoximotekipacho sowatl. Ihkwak nikihtas nikilwis matechkawa. Tenwankeh nintlen otihchiwilihkeh, nian tihchiwiliskeh. Maintoteotl kipalewi wankiteochiwi.

Opanokeh sekitonaltih wan kemeh inToti ahmonesia ompik, yokilkawkah. Sehpa nehnemia Simón ik ompik Amanaltenko wan ihkwak panotaya ixpah Chichinanton, ikaltitlah, yewatoka in Toti, motepantoka itechin tepamitl, kanin kimakaya intlalsewal. Ahmo mohtaya tlenkichiwtoka, itsontlalsewal kiixtlapachohtoka. Iyehkakopa katka sekimil tepopohtli wan imatlah semakechtli. Ikochkopa kochtoka ichichiw. Intonalkontli tlakpak tlayemaniyaya santepak wan itechin ilwikatl niantlen mextli. Ihkwak okihtak panotaya in Simón, in Toti saniman okitsahtsili.

—¡Nurrias! ¿Kanin tiyaw? ¡Xwalewa motlalsewiki, sasantlatotonia!

—¡Nurrias! ¿Tlenonkomah tihchiwtihkak nikan?

—Notlalsewihtok wan chihton nikochtok, nikon anatoh chihton motepopoh, nihnechikohtiw ihkwak niantlen nihchiwa, saniman kihtlanih wan ahmo onkah. ¿Wan tehwa kanintiyahtinemi?

—Nitlachato nepik tlatsintla, axanyeniyaw nochan. Ahmo-nimits ihtaya, tlakahmo tinech tsahtsiliya, sannimits panawia.

—Ximotlali, chihton ximosewi. Yakmo otihnek tikanatiweh intotlamamal. Yakmo mitspolowa tomin.

—Kemah. San itechininkeh tonaltih nikanik nitekiti wan yak-mo nikilnamiktika nitlehkos kwawtla. Wan nonyohki nihnekia nimits ilwis nonyohki yakmo nihneki motlan niyas, kachikwali nosel nikwawtemotiw. Xinechtlapohpolwi, inontonali niantlen inon onikihtak nechpaktih, kachikwali yakmo xinech antewa, ahmonihkwalihta nimits tlawelnankilis.

—¡Ahmo ximomawti Nurrias! ¡Niantlen pano! Yotikihtak tehwa niantitekitis, san nikilwia nomaikniw matechinmaktih to-kwawwan wansatehwankeh titlamamaltiah wan yetiwitseh. Axan nikilwis santiaskeh nikanik, ik kwawtsontekomak.

—¡Ahmo Nurrias! Xinechtlapohpolwi, nehwa yakmo nih-neki motlan nosetillis. Ahmo nihmati keninkomah tihchiwilia, ipam-pa inon yowali tihnechiko mochi intotlamamal, nesitikin patla-naltih wan kemeh niantlen otinech ilwih, ohkion nikin walikak. Nimits tlasohkamatilia, yese kachikwali, maski yolik, nehwa nikintekis wan nikin temowis, niantlen kichiwa tlani-wehkawas.

—¡Xikihta! Inontonali ahmonihmati tlenon onechpanok, san ihsihkan sasan niihsiwiya. Ihkwak tiahsitoh ompa, nihnamik se-tlakatl kwawtik, yekmotsotsomahtiyaya, kikawahwihtoka se-weyi tentso. Ihkwak nihnekia nicholos onechnots wan onech il-wih maahmo ninomawti, in yehwa sankineki nechpalewis ika mochitlen nihnekiskia: Tomin kox sowameh, yehwa nechmak-tilis, sankineki manikilnamiki mochipa, wan ihkwak tlahton nechihtlanilis, manihwikili. Kemeh akah okse, tehwa yotimo-teotlatsahtsili, yakmo kwali nimitswikas. Yese tlatihnekiskiani tinech ilwia wan nimitsixpantia itlan. Tlakahmo, ahmoximote-kipacho, nihtlakaihtas motlahtol.

—Kachikwali ahmo, maski ti iknohtih wan tiyokatihkeh, techkawa ohkion. Tlatehwa tihkwalihta, ximopalewi. Nehwa wan nosenyelis. Maskitiapismikiskeh toxikoskeh, yetotahkon techmopalewilis.

—Tehwatihmati, nehwa nimitstlalwihtok. Tlatihneki tikihtas intlali ixkixka tlakpak, kwali nimits patlanaltis, kox nimitswika, ohkion kwalitikihtas mochi tlenkipia intlaltikpaktli. Niantlen mitspolos, maski mits ihtaskeh titetsokwitlayo, mochipah tihpiastlentihnekis. Nomaikniw, kemahtepalewia.

—Tlasohkamati, yakmoxinechnotsa, wan maski ahmonihpias, ahmoikah ninomaktis ipampa manotlan mawiltikah, in noteotl nechpalewis. San matechmakti kwalnemilis, wan niankanah matechkokoh, maski ahmotihpiyaskeh tomin. Nihpia nosowaw wan itlan nipahpaki, Tehwa xihkamawelili. Satepa onkanik totstikateh maintoteotl mitsteochiwa.

Ihkwak okikawtewak, Simón okimachilih mosewih ikwatetex wan moyolalih iyolo. Inon kimachiliyaya, inon kinapalohtoka ikwitlapa, okikawtewak, ihkwak inon okilwih. In Toti san okiwewetskitih.

—¡Ininkeh tonaltih nimits antewa ipampa matiakan tikwahkawitiweh, kikeh tikilnamiki! Nihneki nimits palewis ipampa timopalewis.

Yakmo okinankilih, saniman otlehkoto ichan. Itechin ohtli kilanmiktaya tlenon okilwih in Toti, ahmokineltokaya tlen kiitlaniliyayah. Tlakinekiskiani yehwa nonyohki motomin chiwas wan mochtin akinkeh kitlahilihtakeh kin chiwilis makitlaxtlawilikan iahmokwaltlahtol, ohkion yekitlehpanihtaskeh. Okilnamiktewak inahmo kwali, omoteotlatsahtsalili in kachtokalakis ichan omoteochiw ipampa mamokixtili mochi in kwalanalistli, ik tlakahmo kon ahsini itlan isowaw.

—¡Lamah, yoniahsiko! ¿Kanintikah, lamah? ¡Xiwalewa nihneki nimitsnonotsas tlenon onechpanok itlan in Toti!

—¡Nikan nikankah wewe! ¡Tlenonkomah mitspanok!

—Nepa Ikwitlapah Chichinanton, nihnamik in Toti.

Ahmonikihtaya, tlakahmo yehwa nechnotsa.

—¿Tlenonkomah omits ilwih?

—Machkineki oksepa tosepantiaskeh kwawtla. Nikilwih yakmonihneki nosetilis, nian nikwahkwawitiw itlan, sankiwetskitih, yese intlen tiomentin tikihtakeh inoyowali, ohkion opanok. Nech ilwih machtlanihneki nechmaktia itlan imaikniw, ipampa niantlen techpolos, tlahtomin kox tlentihnekiskeh techmaktiskeh wan nianitekitis; ixkixka tlaltih, mochi, mochi.

—¡Maintoteotl techmokixtili! ¿Wan tlenon otihnankilih? ¡Ahmo tlahtikihtos yotimomakak, ik nikan titlamih! Nehwa kachikwali nokwepa itlan notatitahwan. Ahmonihneki niyas itlan akah inkipias tlanonotsalilpilis itlan Temilo.

—Ahmo. Ompa onihkawtewak, san onikilwih mayakmo nechantewa, yakmo niyas itlan. Okihto mach ininkeh tonaltih walaskia, kikeh nikilnamiki. ¿Tlenonkomah nikilnamikis? Maski ahmotihpiyaskeh, san ahmokanah matech koko, tipahpaktaskeh ¿Kox ahmo sowatl?

—Kema. ¿Yese melawak tlen tikihtohtok kox tinech kahkayawtok? Kachikwali saspa xinech ilwi. Amo satepa tikisas ikan motlahtlahtolton inkemah timokalaktih. Wan satepa yakmotitekitis, ikan yehhon yetihpiyaskeh tomin, satepa mits ihtlaniliskeh akah, wan ixkixka setokonew tikin maktis. ¡Inon ahmo!

—¡Ximosewi sowatl, inon ahmoika panos! ¿Nesi ahmotinech ixmati?

Oksetonalli ihsihkan, ihkwawk saye kochtokah, okikakkeh akah tlapitsaya, yehwankeh ahmo okintekipacho. Oksepa tlapitskeh, kachi chikawak. Saniman okitetsohtsonkeh ikalakoyan, inon okachiyek kin ihxitih wan ixkixka kalihtek otlahtlankeh.

—¿Akin, tlen tihneki?

—¡Nikantewa in Nurrias, nikilwih axan tikwahkwawitiweh wan onechnankili!

—¡Ahmo melawak, nimits ilwih yakmo xinech antewa! ¡Xiyaw, nehwa ahmonihneki nikisas!

—¡Kwali! Mostla oksepa nimits antewa, tihtemotiweh tlachwilan noso tepopohtli.

—Yonimits ilwi yakmo nihnekitiaskeh tiseknin.

—Niantlen kichiwa, nehwa nipano. Iktiotlak xikin nechikoh motlamanwan. Ixkixka mostla.

—Maski tipanos ahmo nimits nankilis. ¡Xihkasihkamati!

Ihkwak yakmo okikahkeh niantlen, yakmo moyekmachilihkeh, in sowatl motekipachowaya in tlahton kin chiwilis. Welika, kinekia kiixpantis itlakaw itlan iahmokwalmaikniw tlen Toti. Kikeh in Simón yakmokimatia kenin kimotsetselwis in Toti, sasan kikawiyaya maski yokilwihka yakmo kinekia itlan mosetilis. Ahmokikasihkamatiya. Inon tonalli Simón okitemo itlekwepon wan okipohpow, kiyektlali wan okitlakweponaltih ipampa kihtas tlayektekitia itlekwepontepos. Ihkwak tlayekoh kin amakato iyolkawan wan ompik okinilpih ipampa machihton tlakwahkwakan. Ompik kin namik okseki ichantlakah, mononotskeh ohkion okitlahkahtili. Yehwankeh nonyohki moyolchikawkeh yaskeh tochtemotiweh. Ohkion moyek nonotskeh ipampa itechin oksetonali kwalkan monechikoskeh, yaskeh mochtin seknin tochtemotiweh. Ihkwak ahsito ichan okinilpih iyolkawah, okintlamochilih chihton sakatl wan okinonots isowaw in oksetonali tochtemotiweh itlan ichantlakah. Kemch paktokah okilkawkeh in kwalanalistli tlen okin panoltihtewak in Toti. Oksetonali, ihkwak yotlatlalchipawka, isowaw in Simón kwalkan ihsak wan kemeh okilwihkah yaskwawtlah, saniman omew, otlepitsato ipampa kitotonilis itlaxkal wan kititlanilis itlahkahyo. Sasan ihsiwtoka ihkwak okikak itoskiw in Toti tlen yekiantewaya itlakaw. Okistewak wan okitlawelnankilih ipampa mayahtewa, yese in Toti nian motekipacho, san ixwetskaya.

—¿Tlen ahmo tikasihkamati? Yomitsnankili notlakaw in ahmokineki yasmotlan, yese titlanekilko.

—¡San xikihxiti! Xikilwih maihsiwi, titlachwilan temotiweh.

—¡Ahmo tikasihkamati! ¡Xinech chiya, tlakahmo mitstlalochtiya notlakaw, nehwa nimits tlalochtis!

Okalaktewak ichan wan ihsiwka kitemowaya intlekwpontli. Simón yekikitskihtoka wan kitlamamaltihtoka. Nonyohki yokikahka in Toti wan yotlawelmihka. Kiyekmakitskih intlekwepontli wan okistewak ipampa kitlakweponilis itech ikxiwan in Toti. Inin okitsonkwamachili wan ocholohtewak. Ihkwak Simón katka ikaltenko, in Toti yekatka itech in ohtli. Itenko apamitl. ¿Kenin okichiwilih? ¿Kemomatis? Simón okinek okitlachiltilih, yese InToti opoliwtewak itechin ahtsonyameh. Saye okikawih ika ikwalanalistli, kinekia kititlanilis, maski motetlanewmaktiani, sasan yokikwalanaltihka. Ihkwak ahsito ompa apamitl, nian Toti nian iyolkawan, okitlaltoloh. Seki ichantlakah kinye mehmewtayah, ihkwak okihtakeh yewaltemotaya kilnamikiah ixkixka yoahsiko tochtemoto. Yehwa kin ilwih maihsiwikan ipampa yaskeh, san okimatito itepos, ipampa kihtas tlakemah kisa in tlekwepontih. Ihkwak omonechikohkeh ompatlakpak, itechin ohtli itlan apamitl, kachto ahsito Simón kikeh walahsiyah imaikniwan, okinyewaloto in ahtsonyameh ik kanin okihtak opoliwtewak inToti. Niantlen mohtak tlah akah ompa omotlatito, nian tlapostek katka. Sankwali okipewaltihkeh itonal. Imaikniwan pahpakiya, okin ahsikeh ohome sehsentochtih, Simón kin miktih yeyi. Tlakinekiskiani kachi kinwalikani, yese ihkwak okin ahxiltih okilnamik:

—"San ika ininkeh, oksepa miyakeh, san palaniskeh, ahmomelawak mochtin tikinkwaskeh. Nikin wikilis okseki nosenyeliswan yese momaxaloskeh, kachikwali ahmo".

Okin nechikoh imaikniwan wan otlepitskeh ipampa tlahkah tlakwaskeh. Yehwankeh yokinahsikah itochwan, okkachi kinekiah. Simón okin ilwih saika inonkeh, ahmo mamochitlanekikan, itahkon yokinmaktihka tlen kikwanih saika inon mapakikan:

—¡Xiwalewakan, titlahkah tlakwaskeh! ¡Matitlepitsakan

ipampa tihtotoniskeh totlakwal!

Se imaikniw ihkwak ahsito okitlahtlanilih.

—¿keski yetikinwika Simón?

—Yonikin miktih yeyi, saika inonkeh, ahmomelawak tikinkwaskeh mochtin, saniman tech eleltis. ¿Wan tehwa keski, senawi?

—¡Ahmo, san omentoton! Nonyohki ikaininkeh, kenintikihtowa, saniman teeleltia. San ikwitlax kinkwalihta nosowaw ipampa motlapechtia.

—Kema, nonyohki ompanosih. Saye ihsihkan, titlakwah wan tokwepah tochan ipampa kwalkan tiahsitiweh. Nikilnamikiya kox tiotlak tikin ahsinih intoyolkatoton.

Akah okse otlanakilih.

—Mochtin yotimihmiktihkeh ohome, nehwa nonyohki nikihtowa yetiaskeh. Kimaka tihchiwah mochitonali, ixkixka tlahko yowali wan niantlentihnamikih. Axan santitlahkahtlakwah wanyetitehtemotiweh ¿Tlen nankihtowah?

Mochtin otlanankilihkeh wan sankwali opewtlakwahkeh.

Ihkwak tlayekohkeh itlakwal saniman okitlaltemihkeh in tlekontli ipampa ahmo kipatlanaltis in yehyekatl. Ahmokinekiah ontlaxotlani in kwawtlahtli. Okinyektlalihkeh mochi nintlamanwan wan ika wewetskilis wan kamanali, walahsikoh ialtepew.

Ihkwak yekatkah ik Tepeko Simón motowetsohtewak, okihtak in Toti itenko in ohtli, yewatoka, nesia kichixtoka. Kemeh in okseki imaikniwan nonyohki kinotsayah inToti okitlahtlanilihkeh.

—¿Toti, tlentihchiwtok, nesi akah tihchixtika?

—Ahmo, san nosewihtok ¿Nanmehwankeh yonantoch anatoh?

—Kema, san ihsihkan titowalkwepkeh, weliwi tikin miktihkeh, yakmo otihnehkeh kachitikin walikaskeh ¿Wan tehwa ahmo otiyah kwawtla?

—Ahmo, yeyalwa oniyah nitlachwilan temoto ompik ik Tlanepantla wan itenko Xokotlihwipa. Nan kinwalikanih ok kachi, oksehsen, ¿Axan tlenon nankikwaskeh nanmehwankeh?

—Ika ininkeh. ¿Tlenkwah tikin chiwiliskeh okseki?

—San nikihtowaya, tlahnankin namakah. ¿Tlenon nanmoka-wiliskeh? ¿Tlah akah kin nekis mochtin?

—Ahmo, kachikwali satepa totstikateh. Onkan xyewata. ¡Xkin chiya inichpokameh yetemoskeh!

Ihkwak kikawtewakeh Simón sankwalimotlaihyotilan, samo-chixtoka tlahton oksepa kilwiyani, ipampa kitlakweponiliyani. In okseki imaikniwan nian tlahokihtakeh, yehwa yokimakits-kihka itlekwepon. Saniman ihkwak ahsitoh Changenaro ompa kinchixtokah ometlakah, intlen mohtayah ahmo ichantlakah.

—Kwalitlahkahtli tlakameh. ¿Kexkich nankinekih ikin nan-motochwan, nanmechin kowiliah mochtin?

—¡Ahmotikin namakah! Kwalitlahkahtli.

—¡Ximochakan, ximosewikan! Tehwankeh tikin kowah-tochtih, opanok setlakatl wan otechilwih machnan mehwankeh nankinwalikanih, wan nikan matochakan nikanik nanpanoskeh. Machyeyalwa nankilwihkeh nan motlanyani, san yehwa ahmo okinek, tlah onkanik nankinamihke.

—San nanmech kahkayaw. Tehwankeh ahmotikilwihkeh. Nonyohki ahmo tikintemotoh ipampa tikin namakaskeh.

—Kemah, tihmatih. San tihpiyaskeh ilwitl wan inon nakatl tihnekih tihmaktiskeh in teoyotatahtli itechin ichikiw. Nan-mechtlatlawtiah xitechnamakiltilikan mochtin. Xikihtokan kex-kich nankinekih wan nan mech tlaxtlawiliskeh.

Satepa sasan okin tlatlawtihkeh in tlakowkeh, akah okihton kexkich tlakpak inipatiw. Maski in okseki ahmokinekiah, kin na-makiltlayekohkeh, kemeh okihtakeh kemah kin ahxiltiyaya ipampa ometonal tekitl. Mochtin motlahtlaniyayah tla akah okil-wihka inToti kanin yahkah. Simón niantleh okin ilwih, yese yeh-wa mochi kimatia. Satepa sehsen oyahkeh ichan, Simón ompa kiawak omokaw, kilnamiktoka tlenkilwis isowaw, ikyakmo ki-wikaya niansetochtli. Ompawehka mopachohtaya sesowatl,

Ihkwak ixpah opanok…

—¡Kempanollo Simón! ¿Kenintikah? Nihneki nimitstlah-tlanis: ¿Tlen tehwa otihtlalochtih yeyalwah se weyi tentso?

—¡Kempanollo! ¿Se tentso yeyalwah? Ahmo. ¿Kemanian?

—Kwalkan, ihkwak kinye tlatlachipawtoka, nikihtak okisato ik changenaro, nesia patlaniya wan opoliwtewak ik Tepeko, ite-chin Tlahtlatskantih, san nikihtak otsikwintewak tlakpak, satepah niantlen omohtak.

—¡Ahmo! Nitlachako nikanik, iknihnekia nihmatis tleh ke-mah tekitia notepos kox ahmo. Kemeh axan otitochtemotoh, ipampa.

—¡Ah! Ipampa tihwalikaya motlekwepon momatlah. Nikih-towaya tihtlamochiliko, Kemeh nikihtak sasan tlahton tihte-mowaya, tlah inontentso, yese nikilnamiki inon ahmo iaxka to-tahkon, ahmoika seyolkatl ohkion nikitstikah.

—¿Kemomatis tlenon tehwakon tihmoihtilli? Nehwa niantlen onikihtak, kemeh saniman onokwep. Nehwa nihtemo-waya sechichi ipampa nihnekia nihtlakweponilis, yese kemeh niantlen onikihtak wan nikin namik nomaikniwan, ompanotlat-simaw.

—Nelehwel. Nikihtowaya tehwa otihtlalochtih. Satepa sank-wali wal temotaya in Toti ik kanik okalak intentso. ¿Tlahyehwa?

—¿Moyolkakwepa?

—¡Kemomatis! ¡Intotahkon matechmokixtili!

Simón okalak ichan, okinonots isowaw wan okimaktih into-min tlen Yomotlatlanihka tlen itlanamakilis itochwan. Okiyek-tlali itlekwepon wan kipiloh itenko in kalakoyan. Ahmokinekia oksepa kihtas in Toti, sasan yokikwalanihkah, nonyohki ahmo-kinekia kitlatlakamatis ikintlen in Toti kinekia. Itech okse tona-lli, san ihsihkan Simón wan isowaw ihsakeh, santlakatokah wan okichixtokah tlah maoksepa okin notsani in Toti. Simón omeh-mewta sankwali. Okimakitskih itlekwepon ipampa onmopa-chowani inToti kontlakweponilis.

* * *

Yopanokeh miyakeh xiwtih, niantlen momati tlen Toti. Seki kih-tah ik Tesoyohkan, Kwanalan wan itech okseki altepemeh. Okseki kihtah itechin altepetl Atlatongo, mochipah kinapalohti-nemi semapichtli tepopohtli. Kinye omohtak ik Amanalko…

NIKAN TLAMIH

El Toti

VERSIÓN CASTELLANA

Andrés Peralta Rojas

LETRAS HUASTECAS
EDITORIAL

1

En este pueblo de nombre San Jerónimo Amanalco, ya hace muchos años, nació un bebé, al que sus padres le pusieron el nombre de Jesús, quien al igual que todos los que nacieron aquí en el pueblo, conforme iba creciendo, sus padres lo mandaban al monte a cuidar de sus borregos. Nunca le gustó la escuela, pues aunque sus papás lo mandaban, él no obedecía. Cuando ya era un joven, por la frecuencia de ir al monte, se volvió un hombre alto y fuerte. No le gustaba la plática, siempre se le encontraba callado. Su mirada era tan fuerte, que cuando la dirigía a uno, daba miedo. Ayudaba a sus padres con su trabajo y con algo de dinero que ganaba con la venta de lo que traía del bosque. Él bajaba vigas, morillos, leña y todo lo que al campo se le podía aprovechar. Iba al monte, sabía muy bien con quien juntarse. Cuando iba solo al bosque, no se sabe por qué, pero le gustaba bajar muy noche. Y también cuando subía, muy de madrugada salía de su casa, todavía no aclaraba y él ya había aparejado sus animales de carga, para cuando esclarecía ya estaba amarrando las bestias a mitad del cerro. Pronto completaba su carga. Antes de caer la tarde regresaba, para cuando empezaba a oscurecer estaba descargando los animales. Los dejaba descansar un poco, que se enfriaran para quitarles su pepextle o avío, mientras éstos estaban comiendo su zacate. En ocasiones este joven, los que lo miraban, decían que siempre se platicaba solo, o tal vez veía a alguien. No se sabía qué era lo que le ocurría, pues conforme pasaba el tiempo, más iba cambiando: se salía de su casa, caminaba solo alrededor del pueblo. Se le podía encontrar por cualquier lugar solito, sentado bajo un árbol.

Pasaron los años, nunca se casó, siempre se le veía como una persona mala, parecía estar poseído. Un día siete de marzo, no se sabe qué hizo, se reunieron muchos señores y fueron por él a Partidor. Cuando lo estaban regresando lo pateaban, parecía que no le dolía, no se inmutaba, como que no sentía. Ese día se celebraba la fiesta del pueblo de Apipilhuasco.

2

Cuando el ahora todavía joven Francisco, hijo del señor don Pedro Durán de Maxala, era un niño, apenas tenía unos cinco años, su padre ya lo llevaba a vender. El señor Pedro era campesino, pero también se dedicaba a bajar vigas y morillos. Como Panchito era el mayor de los varones se lo andaba jalando. En una ocasión juntó su carga para cuatro mulas y como ya quería vender sus maderos, muy de madrugada, levantó a su hijo Francisco.

—Panchito, ya levántate. Dales de beber a los animales. Les echas pastora. Mientras que coman. ¡Apúrate hijo! Ah, también agarra tu tortilla. Aunque esté frío, iremos a entregar nuestra carga.

—Todavía tengo sueño pa. Déjeme dormir otro ratito. Y además todavía ni amanece. Los animales también están descansando. Ya nada más duermo otra hora y ya me levanto.

—Que una hora. De una vez levántate y haz lo que te estoy mandando. Yo mientras les pongo su avío, y mientras comen yo le quito la cáscara a los palos para que cuando salga el sol se empiecen a secar. ¡Apúrate! Cuando vaya aclarando ojalá ya estemos por Santa Inés. Por ahí empezaremos a ofrecer. Ojalá y entreguemos temprano y nos regresemos de por ahí.

—¿Todavía nadie los pide?

—No.

—Ya me estoy levantando. Despierte usted a mi mamá. Mientras que vaya calentando un poco nuestra comida, para que no salgamos con la panza vacía.

—¡Ya te oí Panchito! ¡Qué dices, todavía estoy durmiendo! ¡Apúrate a lo que te manda tu papá! Y enseguida ya se vienen, mientras soplo.

—¿Ya despertó? Yo decía que estaba usted a medianoche. Tam-bién me da mi garrafa para llevar mi agua.

—¡Ponte tu chamarra gruesa! No vayas a ir temblando a medio camino.

—Sí, pero me da flojera, cuando ya hace calor la ando cargando. Mejor me llevaré una más delgada, así no cargaré tanto.

—¡Escucha lo que te dice tu mamá! Ojalá vendemos rápido, qué bueno, si no, nos hacemos todo el día como las otras veces y por allá nos quedamos. ¡Llévate las dos, la gruesa y la delgada!

—Sí, creo que es mejor lo que dice usted mamá. Me llevaré las dos. Si donde nos encarguemos nos dan un cuarto calientito, qué bueno, si no, como la otra vez, nada más afuera y temprano, ya caía el sereno, ya no sabía cómo calentarme.

—Ya viste y te da flojera abrigarte bien. ¡Tápate bien y apúrate! Y enseguida ya se vienen para que coman su tortilla con un tecito.

Se fue a dar agua y comida a los animales. También, a su papá, ayudó un rato a quitar la cáscara a los palos, después fueron a agarrar su tortilla, cuando terminaron de desayunar se apuraron y rápidamente les echaron la carga a sus animales, mientras su mamá les ponía su itacate para que comieran algo a mediodía.

—Gracias Dios, ya nos diste una tortilla el día de hoy y nos despertaste bien. Gracias mujer porque también trabajas y nos das lo que tus manos hacen. Ahora ya les echaremos la carga a los animales y ya nos vamos. Cuidas a los demás hijos. ¡Mandas a Delfina que vaya a raspar!... ¡Que te ayude!

—Sí, la mandaré que haga lo que me pasas a decir. Pero también ya me ayuda con el bebé. Echen carga, con cuidado, a los animales y ya váyanse. Que Dios los acompañe y les ayude para que vendan rápido. Aquí los espero.

—Gracias vieja. Ahora apurémonos, si no rápidamente nos agarrará el sol y se cansarán más pronto los animales. No quiero descansar en ningún lado, hasta que lleguemos a Papalotla, o más abajo, por allá ya es muy apreciada nuestra carga.

Cuando salieron de su casa eran las cuatro de la mañana y, como caminaban recio las mulas, rápidamente se fueron a bajar. Para cuando llegaron al poblado de Santa Inés, todavía no aclaraba, pero como ahí ya había algunas casitas don Pedro se animó a pasar a ofrecerles, pues quería vender rápidamente sus palos. Pasó a llamar a algunos señores, de los que sabía que compraban, pero como todavía era muy temprano, se entretuvieron un poco, porque apenas se iban levantando.

—¡Sabes qué Panchito! Voy a pasar a ofrecerles aquí a algunos señores, de repente y se animen.

—¡Ojalá que sí! Llámelos, como dice usted, ojalá se animen. Con una carga que dejemos, sacamos para comprarnos por allá nuestro refresco.

—Ataja las mulas, mientras que pasteen un rato. Voy a verlos.

Como no sabían si les llevarían vigas, unos pobladores, cuando les tocaban en su casa, no respondían, algunos otros, les daba coraje porque todavía no amanecía bien y ya los estaban despertando. Les pasó a ofrecer a todos los pobladores, pero para su mala suerte, nadie quiso.

—Patrón ya le traje sus vigas. ¿Ahora cuántos va a querer?

—No, ahora no hay dinero para pagártelos. Mejor después, cuando los necesite, aunque yo vaya a verte a tu casa.

—De una vez agarre, aunque sea una carga. Vienen bien heche-citas, nada más venga a verlos, así ya dirá si no le gustan.

—Sí. Pero mejor otro día. Ahora no nos alcanza el dinero. No hay mucho trabajo y ¿dónde las meteremos? No nos hacen falta.

—Bueno, después regreso. Ahora no quiso usted. Voy a ofrecerlos en otro lado. ¡Ojalá que alguien los esté queriendo!

Así, donde quiera que ofrecía, todos decían que mejor después, porque en esos días no había dinero. Cuando terminó de darle la vuelta al pueblito, el sol ya estaba en lo alto y, Panchito, como ya se había tardado, pensaba que tal vez alguien ya los quería y solamente estaban arreglando el precio. Le rogaba mucho a Dios que así fuera. Cuando vio venir a su papá, a quien no se le veía buen semblante, imaginó que nadie había querido su carga. Reunió sus animales, los arrió y fue a su encuentro para seguir su camino. Como su padre no le dijo nada, él no preguntó nada. Nadie dijo palabra. Entre los dos arreaban sus animales y caminaban en silencio. Cuando llegaron al pueblo de San Juan Tezontla, Panchito le pregunta a su papá.

—¿Por dónde nos iremos, nos vamos derecho o los atajo para irnos por Tepetlaoxtoc?

—Dales la vuelta. Mejor nos vamos por Papalotla. Ahora nadie quiso nuestra carga. ¿Quién sabe por qué?

—Tal vez ya pasó alguien a dejarles.

—No lo creo. Los hubiera visto o me hubieran dicho. ¿Quién sabe por qué? ¿Ya te cansaste hijo? ¿U otra vez ya tienes hambre?

—Todavía no me canso, solamente tengo sed. Pero traje mi agua.

—Espérame. Le bajaré el cantarito al burro y te lo daré. Si te lo acabas no te preocupes, por ahí pediremos para que lo vuelvas a llenar. Yo también me traje mi pulque.

Seguían su camino y cuando se iban acercando al molino blanco, allá a lo lejos, divisaron a un señor sentado, que en su espalda cargaba un gran cesto.

—¿Ya viste? Allá a lo lejos se ve que alguien ésta sentado. Y se ve que está cargando un chiquihuite.

—Cierto. ¡Y parece que nos ésta esperando!

—No. ¿Cómo sabe que somos nosotros?

—¡Alguien! Tal vez será un señor de Tecuanulco. Y también algo anda vendiendo. Ya veremos

—Pero nomás queda viendo para acá. Tal vez nos conoce, o a usted lo conoce. Usted tal vez no lo recuerda.

—Cállate, ¡se ésta levantando!

Como se iban acercando don Pedro y Panchito, el que estaba sentado se fue levantando con calma y, también fue a su encuentro. Cuando pasaron frente de él, levantó su sombrero y los saludó.

—¡Buenos días! ¿También todavía no venden? Yo también pasé en Santa Inés, pero nadie quiso mi mercancía. ¿Hasta dónde van?

—¿Eres tú, Jesús? ¡No te conoces! ¿Qué andas haciendo por aquí muy temprano?

—También vine a vender. Traje hongos.

—¿Hongos? ¿En estos meses? ¿Dónde los agarraste, si todavía no salen?

—Por allá, en Sehpayawko ya hay, y puro xolete.

—No te creo. A ver enséñamelos.

—¡Mira! ¿Qué dices, te engaño?

—Nosotros vamos por Papalotla. ¿Tú por qué no vas por Tepetlaoxtoc? Y además en estos meses todavía no nacen los hongos, esos no son buenos para Dios —cuando dijo eso, don Pedro se santiguó, él presentía que no eran buenos, hasta los animales se sacudieron nerviosos.

—Me los da mi amigo, él los siembra y todo el año hay bastantes. Si quieren los llevo con él, pueden pedirle todo lo que quieran.

—¡No! Aunque sea despacio nosotros iremos juntando lo que nos haga falta. Ahora tú vete por allá y nosotros por aquí. ¡No queremos ir contigo y tampoco queremos que vayas con nosotros!

—No me voy a apartar. ¡Iremos juntos! Ahora arreen los

animales y vámonos. Pasamos a Papalotla y si no, seguimos nuestro camino, nos vamos por Chipiltepec, por allá quien quita y aprecien más su carga.

—¡No! Nosotros nos quedaremos aquí nada más en Papalotla, rodearemos el pueblito. Si tú quieres ir hasta allá, vete. Ya te dije que no queremos ir contigo.

Jesús obligaba a don Pedro para que se fueran por Chipiltepec, pero él quería desapartarse. Cuando llegaron a Papalotla…

—Vete por allá, nosotros por aquí le rodeamos y nos encontramos en el centro del pueblo. Mientras ofréceles, yo también les ofreceré mis vigas. Allá nos vemos en una hora.

—Sí. Pero no se van a desapartar, nos iremos juntos. Allá los espero.

Don Pedro, como no quería ir con él, pensaba sacudirse al Toti. Cavilaba perderlo por ahí. Anduvo ofreciendo su carga, nadie la quería. El cansancio y el hambre se hicieron presentes, buscaba dónde comer su itacate. Se olvidó un poco del Toti y se fue a asombrar debajo de un gran árbol, ahí también hizo descansar a sus animales. Mientras Panchito acomodaba un trapo para poner ahí su comida y buscaba dos piedras donde sentarse, don Pedro desataba el itacate. No terminaban de acomodarse, cuando de repente apareció ante ellos el Toti. No supieron cómo dio con ellos, cuando reaccionaron ya se estaba sentando.

—¿Trajeron su itacate? ¡A mí no me mandaron nada! Comamos, después que yo venda compraré algo para que volvamos a comer.

Don Pedro, como de repente se apareció y vio que Panchito se asustó, le contestó con coraje.

—¡Dónde estabas! Nos estás espiando nomás ¡Y cómo llegaste que no te vimos! Nos mandaron comida sólo para nosotros dos.

—Si quieres comer también, cómprate algo, con tu tortilla.

Eso estaba diciendo don Pedro, cuando el Toti ya tenía entre sus manos un taco. Don Pedro, aunque con coraje, también empezó a comer.

—No quieren mis hongos. ¿Quién sabe por qué?

—No es su tiempo. A los señores no los vas a engañar. Esos hongos tan pronto te los compren comenzarán a podrirse, no son de Dios.

—Ya es mediodía. Ustedes venderán hasta que comience a oscurecer. Los están queriendo en Chipiltepec. Apúrense, mejor le caminamos, antes de que se haga más tarde.

Don Pedro comió de mala gana, tomó su camino para darle la vuelta al pueblo, pero nunca sintió cómo fue que de repente dejó lejos el pueblo, cuando reaccionó ya estaba en Tezoyuca. Y otra vez don Pedro se quería desapartar.

—Tú vete por allá, nosotros por acá. Otra vez nos encontramos por donde pasa el caño.

—Sí, allá nos encontramos. ¡No se tarden!

Cuando se apartaron don Pedro le dice a Panchito.

—Vámonos, apuremos los animales. No lo esperaremos, por aquí nos iremos más rápido. Él se va a tardar más, es más lejos por allá donde lo mandé.

—Sí ¡Vámonos rápido! Cuando llegue, nosotros ya tomamos otro camino, por otro lado.

Eso iban pensando y, aunque no ofrecían su carga a los que encontraban, ellos querían perderse del Toti. Arreaban nerviosos a sus animales, algo les ayudaba, las bestias eran fuertes y caminaban a prisa. No lo podían creer, conforme se iban acercando al lugar donde quedaron, el Toti ya estaba sentado allá, esperándolos.

—Mire usted. Allá ya está sentado. Ya nomás nos ésta esperando. ¿Cómo le hizo?

—¿Por qué se tardaron? Yo ya le di una vuelta por otro lado y todavía no venían a salir ustedes. Creía que encontraron algún cliente.

—No. Tú andas corriendo, o cómo le haces que llegaste rápido.

—Ando caminando despacio, no tengo prisa. Ahora ustedes vayan por allá y yo por aquí. Nos encontramos atrás de la iglesia. Si no venden, ya por ahí tomamos el camino.

Otra vez se separaron, don Pedro se preguntaba cómo le hacía. Si cuando va con ellos se va quedando porque camina despacio, se ve que le pesa su canasto, pero también nada vende. Cuando es época de hongos, por donde quiera es muy socorrido. Cuando los llevan por Amanalco, las señoras los ven bonitos y con ese aroma tan agradable, hasta se los pelean. Pero como no eran bien vistos por Dios, ni siquiera los veían.

—¿Papá, cómo le hace el Toti, que dónde quiera nos gana? Y parece que nos adivina el pensamiento. Ya me dio miedo. Su mirada no se ve bien, se ve malo. ¿Cómo le haremos para desapartarnos de él? Él no quiere desde que nos juntamos. ¿Por qué será que nomás quiere andar con nosotros? ¿No será que quiere robarnos lo de nuestra venta?

—No lo sé. A mí también ya me dio miedo. Hay que pedirle a Dios que aunque sea algo, podamos vender, todavía nos da tiempo caminar a otro pueblo. Pero no entiendo. ¿Por qué no vendemos? ¡Ni preguntan! Me preocupa que nos agarre la noche y no tenemos dónde quedarnos o encargarnos, y si no vendemos, cómo vamos a pagar el hospedaje.

—Eso sí. ¡Y si por aquí agarramos derecho, aunque agarremos esta vereda! ¡Que no podremos salir en otro camino! ¿Usted no conoce?

—Sí, por aquí salimos por el camino que nos lleva a Zacango. Y si agarramos, como dijo el Toti, el camino que nos lleva a la Buenos Aires y de ahí derecho a Chipiltepec, a donde quiere que vayamos. Aunque no vayamos por donde él quiere, por aquí atravesaremos. ¡Dios nos ayude!

—Arrea los animales, aunque nos regañen nos iremos por aquí. ¡Ojalá no esté sembrado nada!

Don Pedro y Panchito no vieron que la vereda por donde pasa-

ban, en medio del terreno, estaba llena de agua, los animales se atoraban. Como pudieron sacaron a los animales y tomaron el camino que los conducía con el Toti, quien ya los esperaba atrás de la iglesia. Antes de que oscureciera llegaron a Chipiltepec. Allá otra vez se separaron y el Toti, sentado debajo de un portal…

—Vayan a vender, aquí los espero. Yo descansaré un poco y cuando vengan nos encargaremos por ahí, mañana temprano nos vamos.

Don Pedro no respondió y como vio que todavía le daba tiempo dar una vuelta al pueblo, con el ánimo de vender algo, se jaló a Panchito. En el camino encontraron a una señora, que tan pronto vio la mercancía…

—¿A cómo sus vigas?

—Baratos, patrona. Venga a verlos. Ya nada más nos quedan estas. Venga y anímese. Se los llevamos hasta donde usted viva.

—Sí, me están gustando y me hacen falta. Pero no sé qué diga mi esposo, si quiera sacar el dinero o no, yo solamente pregunto.

—Véalos. Si se animan se los doy más baratos, no se los daré al precio.

—No sé si quiera mi esposo. Yo los quisiera. ¿Podrán llevarlos a mi casa para que los vea mi marido?

—Sí. ¿Vive usted lejos?

—No. Esta aquí a dos cuadras. Si gustan vamos, allá animo a mi marido para que dejen todo y que ya descansen sus animalitos. Pero si no los quiere, discúlpenme. Yo sólo les quise ayudar.

—¡Vamos! Y no se preocupe usted, nosotros ya sabemos. Si todos se animaran a comprar no llegaríamos hasta aquí, cerca de Amanalco los hubiéramos vendido. Así es nuestro trabajo, un poco pesado. A veces caminamos hasta dos o tres días para que alguien nos compre nuestra carga.

—Miren, llegamos rápido. Ese es mi marido, no estuvo lejos.

—No ésta lejos.

—¡Viejo, viejo! Mira, traje a este señor y su hijo, andan

vendiendo vigas, nos están haciendo falta para tapar nuestra casa. Ven a verlas, están muy bonitas, están bien hechecitas. ¿A poco no los vas a querer?

Mientras se iba acercando el señor, la señora se vía feliz, ya quería que le taparan su casa y aquellos maderos les estaban haciendo falta. Su señor, como todos los hombres, apretaba un poco su dinero y tuvieron que rogarle un poco para que se animara.

—¿A dónde los encontraste mujer? Y sí, las estamos necesitando, pero no nos va a alcanzar el dinero. Primero vamos a comprar el cartón, por ahora no creo, mejor en otra ocasión.

—Así siempre dices y está pasando el tiempo. Hace un año que los otros señores te los vinieron a ofrecer y les dijiste lo mismo. ¿Cuándo vamos a tapar nuestra casa?

—¡Entiende! Primero vamos a comprar el cartón. ¿Y esto mien-tras dónde los dejamos? Se van a mojar y enseguida comenzarán a podrirse. Y si los compramos y tambićn la tapa, ¿después qué comemos?

—¡Sí nos alcanza! Lo que pasa es que tú solamente quieres estar con tu mamá. ¡Discúlpenme! Pero si no quieres salir de tu casa, allá quédate. Yo los voy a comprar y mañana o pasado, aunque pida yo prestado, voy a tapar mi casa. Piénsalo bien, no después te estés arrepintiendo. Ya me cansé que siempre lo que diga tu familia, si no te dejan, nada haces. ¡Corre ve a preguntarles si puedes o no comprar estos palos! Señor, venga por a-quí y descargue los palos, mientras voy por el dinero, así como ya quedamos.

—Sí, aunque sea así como ya le había dicho. Hijo, arrea las mulas y agárralas, voy a desatarles su carga.

—¡Cálmate mujer! Sí, sí las vamos a comprar, pero primero la tapa. ¿Que no te das cuenta que eso es lo más caro? Estos palos, como sea, los iremos a traer, aunque sea aquí en la maderería. ¡Estas mujeres! ¡Eh, usted!, todavía no los desaté, mejor después lo iremos a buscar, ahora no.

—Pero ya dijo la señora, ella me va a pagar, ya bajé éstas.

—Aquí ésta el dinero. ¿En cuánto quedamos, ya se me olvidó?

—A $ 6.50 dijimos, pero deme nada más $ 6.00, para que vea que a nosotros también nos gusta ayudar.

—Le voy a dar $ 5.00 por carga. Aquí ésta el dinero.

—¡Órale pues!

—¡Mujer, qué no entiendes! ¡Aquí en la maderería están más baratos! Yo los voy a comprar.

—¡Si tú los vas a comprar, de una vez págalos! $16.50. También que se ganen algo desde donde vienen. A mí así me los dejan porque soy mujer y no me los gano. ¿O no señor?

—Así es.

—¡Tú págalos! Yo compro la tapa y todo lo que haga falta: clavos, alambre y las cintas. Le rogaremos al señor que nos preste sus animales, para traer las láminas de cartón y las cintas, mientras todavía no cierren las tiendas.

—¡Si patrona! Si quieren de una vez vamos mientras todavía no oscurece y no cierran. Nosotros después nos regresamos, aunque ya oscuro nos iremos, y por allá en Tezoyuca, en algún lado, pediremos posada. O tal vez ustedes pueden darnos un lugarcito donde podamos dormir. Aquí nos encargamos.

—No. No vaya decir usted que no queremos, pero todavía no tenemos dónde, nomás nos andamos encargando con mi suegra. Ya vio usted que lo estoy regañando porque no quiere hacerme mi casa. A mí ya me da vergüenza, siempre estamos de arrimados. Y como dice el dicho: El muerto y el arrimado, a los tres días apestan.

—Cierto, así pasa por donde quiera, no se preocupen. Vamos a traerlos y aunque de noche, nos iremos, o tal vez por ahí busque donde nos podamos quedar y temprano saldremos, para que antes de mediodía ya estemos en casa. Solamente necesito que me paguen. ¿Quién me va a dar?

El señor, como vio el enojo de su mujer, sacó su dinero y pagó lo convenido a don Pedro. En tanto, el Toti esperaba donde lo dejaron, de vez en cuando se asomaba por si don Pedro vendía. No se sabe cuáles eran sus pensamientos.

Cuando el Toti era joven estaba bien, tenía muchos amigos, nadie se espantaba cuando estaban juntos. Quién sabe cuándo y a qué hora se transformó su modo de ser. Aquellos que lo conocían y estaban con él, ya no se sentían con la misma confianza de antes y su presencia les causaba coraje. En veces se veía bien y parecía normal, pero su mirada la tenía muy pesada. Cuando se sentaba por donde sea y se quedaba dos o tres horas, nadie se le acercaba.

Luego que don Pedro recibió el dinero alistó los animales para ayudar a acarrear las cosas a sus clientes, ellos ya no quisieron porque les dijo que se iban a regresar y mejor los mandaron, antes que se hiciera más noche. Agradecidos, don Pedro y Panchito, se despidieron y tomaron otro camino, para no pasar por donde los estaba esperando el Toti, ya no querían regresar con él. Apuraron sus animales, pero como ya estaban cansados, caminaban despacio. Nunca se dieron cuenta, pero cuando ya estaban en la orilla del pueblo, en una esquina de la calle, alguien estaba sentado esperándolos.

—¿Ya vendieron todo? ¿Y ya nos regresaremos, verdad?

—Sí, todo se quedó y ya vamos de regreso.

—¿Cuánto les dieron? Ahora quiero que me den la mitad del dinero que llevan. Yo no vendí nada. Pero quiero la mitad de lo que tienes.

—¡No! No te voy a dar nada. Este dinero nosotros nos lo ganamos. Y si quieres dinero, quédate, mañana temprano vendes.

—Yo les ayudé para que vendieran todo. Y quiero la mitad del dinero que te dieron. Si no…, no te rendirá. Mejor dame la mitad.

—¿Qué fue lo que hiciste para que digas que nos ayudaste? ¿Qué acaso tú fuiste a bajar los palos, o tú los pelaste? No te voy a dar nada y vete por allá, si no quieres que le diga a alguien que te golpee.

—Ya dije. Si no me quieres dar, no te va a rendir. Ya verás. Será mejor que nos repartamos y nos vamos tranquilos a la casa.

Ahora camínenle, yo los voy siguiendo. Mientras piénsale y aparta la mitad.

—¡Yo también ya dije lo que escuchaste! ¡Ya cállate!, si no quieres que te pase a demandar por aquí. Ya me hiciste enojar. Si no vendiste, no es mi culpa.

Y así iban platicando con coraje mientras caminaban. Estaba oscureciendo cuando salieron en la orilla del pueblo. Don Pedro y Panchito estaban espantados, enojados porque el Toti quería a fuerza la mitad de su dinero. Ya no sabían qué o cómo hacerle para pasar a dejarlo. Él tranquilamente caminaba atrás de ellos y por más que le apuraban, no se quedaba lejos. Don Pedro, como vio que Panchito ya estaba cansado, también sus animales, pensó en mejor buscar donde encargarse. Mientras iban caminando don Pedro pensaba muchas cosas y, por más que le hacía para perderse del Toti, éste no se dejaba. Allá a lo lejos divisó a unos señores, en una tienda, pensó en lo que le había dicho al Toti. Cuando llegaron a donde estaban, como vio que estaban tomando, pensó en comprarles una cerveza para que golpearan al Toti. Detuvo sus animales y fue a saludar a los señores. Entre ellos estaba el dueño de la tienda, que les estaba despachando.

—Buenas noches. Discúlpenme, me voy a acusar con ustedes. Pero es cierto que yo y mi hijo ya venimos espantados, porque ese señor que viene detrás de nosotros solamente nos anda siguiendo. Nosotros fuimos a vender nuestros palos y ahora él quiere quitarnos la mitad de nuestro dinero. Les voy a invitar otra cerveza, pero les ruego que lo corran para que se vaya por otro lado. Me da miedo que algo le pase a mi hijo, es muy pequeño y todavía no se puede defender.

Ellos se callaron y solamente se miraron entre todos. Nadie quería decir nada. Pasaron como dos minutos, uno de ellos se paró...

—¿De dónde vienen?

—Venimos de San Jerónimo Amanalco. Y este señor se nos pegó desde la mañana, según que anda vendiendo hongos, pero todavía no es su tiempo. No sabemos dónde los encontró.

—Mira. Es cierto lo que dices. Tu hijo todavía no se puede defender, pero tú sí. No sabemos qué tan cierto es lo que dices. Necesitamos verlo primero, si es que él te quiere quitar tu dinero. Si nosotros lo corremos o lo golpeamos, no ésta bien, todavía no estamos borrachos, ni estamos tomando para emborracharnos. Mejor busca dónde se van a quedar y mañana temprano se van para su casa, ya es noche y todavía les falta mucho. Le diremos al señor que se vaya por allá, pero no le haremos nada.

—Sí, lo que dice mi amigo es cierto. Yo vivo aquí, la tienda es mía. Si quieres se pueden quedar aquí. Allá adentro puedes amarrar tus animales, hay agua para que les des de beber, busca un poco de zacate y dales, no dejaré que entre ese señor para que descansen tranquilos. ¡Ya no te preocupes!

—Gracias. Les agradezco lo que están haciendo por nosotros. Vamos a pasar. Nuevamente gracias, con su permiso.

—¡Pásenle!

Cuando pasaron, el Toti también quería entrar y apresuró el paso para ir detrás de ellos, pero el casero, cuando lo tuvo enfrente, lo detuvo.

—Eh. ¿A ti quién te dijo que pasaras? A ellos los dejé pasar porque ya me dijeron, pero tú ya no cabes. Ya déjalos que descansen. Tú sigue tu camino, aquí no puedes entrar. ¡Vete!

El Toti no dijo nada, caminó un poquito y se fue a sentar debajo de un gran árbol. Ahí se acomodó con calma, se enroscó y se quedó dormido. Mientras adentro don Pedro daba de beber y un poco de zacate a los animales. Consoló un poco a Panchito que estaba temblando de miedo. Acomodaron el avío como cama. Se taparon con una cobija. Y se dispusieron a dormir. Ellos no pasaron frío, porque se quedaron debajo de un tejaban.

—¿Panchito, tienes hambre? Si quieres voy a comprarte algo, para que no te duermas con el estómago vacío.

—No. Durmamos. Temprano nos compramos algo para ir comiendo en el camino. ¡Ojalá ya se haya ido el Toti! ¡Quién sabe dónde se va a quedar!

—¡Qué nos importa! Eso le pasa por querer quitarnos la mitad de nuestro dinero. Quién sabe por qué así se volvió, si no era así. Yo lo conocí bien. Parece que se está volviendo loco, como si tuviera aire, ya no razona. ¡Algo le pasaría! Mañana cuando lleguemos y acomodemos los animales, les iré a decir a sus papás. Por ahora es mejor dormir, mañana ya Dios dirá.

Enseguida se durmieron, estaban muy cansados, habían caminado día y medio, ni sintieron cómo pasó la noche. Afuera los señores se platicaban.

—¡Pobrecitos, el señor y su hijo! Un sólo personaje los asustó.

—Sí. Pero yo no sé si ustedes vieron al otro que quería entrar. Cuando le dije que no entre, nos barrió a todos con la mirada e hizo una mueca en su cara, como sonriendo. Y cuando lo miré, pasaron a brillar sus ojos. Sí me ciscó.

—¿También lo viste? Yo pensaba que sólo yo lo vi. ¡Sí, es malo!

—¿Qué es lo que nos está pasando? Yo también lo sentí.

—Yo vi que enrojecieron sus ojos.

Otro agregó.

—Ya entendí por qué ya los había espantado. Este personaje no está bien. Si no me equivoco, éste se hizo amigo del mal.

Cuando eso dijo, todos sintieron un aire helado y comenzó a hacer bastante aire. Quedaron en silencio, pensando en qué es lo que estaba pasando.

—¡Encomiéndense a Dios!... ¡No nos va a ganar! ¡Nosotros somos más fuertes! ¡Dios nos está ayudando! ¡Está con nosotros!

—¡Ya vieron! Si no se veía que iba a hacer aire.

—¡Que Dios nos ayude! Y a él que lo perdone, si de verdad ya no le pertenece.

—¿Qué hizo para que el otro se lo ganara? Se veía bien. Bueno, cada quien lo que piensa y lo que quiere. Yo ya me voy. Ya no quiero estar más aquí. Mañana nos estamos viendo. Que Dios se quede con ustedes.

—Sí. ¡Ve con cuidado!

Todos se fueron, el casero fue a ver a sus inquilinos, quería preguntarles quién era ese personaje, pero como vio que ya estaban roncando, mejor cerró y también se fue a dormir. Todavía no amanecía bien cuando don Pedro ya estaba despertando a Panchito. Mientras se desperezaba, él ya estaba poniéndoles su avío a los animales. Les dio un poco más de zacate y agua. Se fue a despertar al casero, para darle las gracias, o pagarle el hospedaje. Él pensaba que de verdad era una buena persona. No se imaginaba por qué los dejó quedarse allá. Hasta lo dejó que le diera de comer a las bestias. Cuando salió el casero...

—¿Sí durmieron bien? Cuando vengan otra vez por aquí y los agarre la noche, ya saben, aquí se pueden quedar para que no pasen frío. Allá afuera cae encima de ustedes el sereno. Bueno, ¡veamos cuánto te voy a cobrar! ¡Pero no te espantes, no será todo tu dinero, aunque sea la mitad!

Cuando dijo eso, don Pedro no lo creyó, pensó que solamente estaba bromeando.

—¿Anoche les diste agua y les diste de comer, verdad?

—¡Sí!

—Y ahorita, también ya les diste agua y les diste de comer. Más, ustedes.

—¡Sí, ya les di agua y zacate!

—Bueno. ¡Cómo ves si nomás me das $ 8.00! Quería pedirte $ 10.00, pero te dejo algo para que se compren algo por allá.

—Ya en serio. ¡Dígame cuánto le debo! Ya nos queremos ir para no llegar tan tarde a nuestra casa.

—¿Estás viendo que me estoy riendo?

—¡No! ¿Por qué?

—Por eso mismo. ¡Te digo que me des $ 8.00! ¡O quieres darme $ 10.00! ¡Te los recibo, eh! No estoy bromeando. Y di que te ayudo, porque si no te hubiera pedido más. Nada más tú entiende: El agua, el zacate, se quedaron. Todavía falta que pases a limpiar el estiércol de las mulas.

—¿De verdad, eso es lo que pide?

—¡Ya te dije! ¿Acaso me conoces para que esté bromeando contigo?

—No. ¿Y no se puede que aunque sea la mitad de lo que me está pidiendo? No ganamos mucho.

—No. Y como te digo, te estoy ayudando. ¿Qué hubieras hecho anoche si no hubiera yo corrido al otro señor que los estaba molestando? Así, dame $ 8.00. Y para la próxima, si no quieres gastar tu dinero, no salgas de tu casa, o mejor, no pidas posada en ningún lado. ¿Qué decías, nada más así se iban a quedar? Y lo que comieron los animales, ¿quién me lo va a pagar?

—¡Está muy caro! Le doy aunque sea $ 6.00. Por favor, le ruego.

—¡No! Si no quieres, agarro uno de tus animales y lo voy a dejar a la Delegación para que pagues más. Diré que pasaste a hacer daño.

—¡Está bien! Aquí está el dinero.

—¡Ya viste, todavía llevas más de la mitad!

Cuando el señor casero tomó el dinero, su cara dio un cambio. Se le veía feliz. Don Pedro y Panchito salieron muy tristes, nadie de los dos quería decir algo. Sentían que les habían robado sus ganancias. Así venían por todo el camino. Más adelante, en otro pueblo, como venían muy rápido, vinieron a alcanzar al Toti, que venía comiendo una tortilla y, en su mano, llevaba un refresco. Él solo se venía riendo. Ellos ya no le hablaron, aunque él los estaba llamando, para que se vinieran juntos a su casa. No le respondieron, sólo tomaron su camino. Los dos iban montados y, a eso del mediodía, llegaron a su casa. Ya los esperaba su esposa y demás familiares. Acomodaron bien a sus animales y entraron a su casa. Se alegraron cuando vieron la comida lista sobre la mesa. Los demás, como los vieron con semblante triste, no les preguntaron nada, sentían que algo no estaba bien. Se sentaron, don Pedro dio gracias a Dios…

—Gracias Dios por el día de hoy que nos das nuestra tortilla y otro nuevo día. Te damos las gracias que no te olvidas de nosotros. También bendice al señor casero que nos brindó su casa y le rinda su dinero. También te pedimos por el otro muchacho, dale su curación si es tu voluntad, que no ande así vagando, o si ese es su destino, que se haga tu voluntad.

La esposa de don Pedro se santiguó en sus adentros. Cuando terminaron de comer les platicaron lo que les había pasado, cómo les había ido y les hicieron allá donde se hospedaron. Seguían sin entender cómo es que el Toti ya llevaba hongos. Ellos, como siempre andan en el bosque, ya conocen muy bien el tiempo y los lugares donde se dan con abundancia. Don Pedro se quedó pensando cómo es que pasó todo y les dijo:

—Hoy aprendí, que lo que ya tiene su destino, aunque no lo dejes, a fuerza terminará donde debe estar. Lo que no es para ti, aunque lo tengas, sólo será pasajero.

3

En esos tiempos, el joven Simón Xochimil, también se animaba a bajar los morillos, para venderlos con los que estaban construyendo sus casas. A él le gustaba mucho ir a traer la madera, porque pronto la vendía, ya había aprendido muy bien el negocio. Todo lo que se podía vender, lo sacaba muy rápido. Él vendía burros, muebles, radios, entre otras cosas. Llegó a tener un molino de nixtamal. En aquellos tiempos él se juntó con una muchacha de nombre Celsa, solamente que a la joven le gustaba un hombre casado. Cuando Simón tenía como medio año de vivir con Celsa, presentía que algo no andaba bien, se puso a espiarla y descubrió que ella andaba cogiendo con otro. ¿Qué hizo?, corrió a su mujer, se aguantó su coraje y le guardó su taquito al otro señor. Pasaron unos dos años y nuevamente se buscó otra mujer, la que hasta ahora sigue siendo su esposa. Como el otro señor vio que Simón no dijo nada, pensó nuevamente en quitarle a su mujer. Pero la señora le dijo a su marido que la andaba merodeando. Simón se puso a espiar y cuando lo encontró le dio una santa paliza y, como él dice, ese día le hizo tragar su mierda. Desde ese día, el ladrón de amores se enfermó y murió. Simón de esa manera sintió que había lavado su honor. Después se dedicó al trabajo. En esos tiempos se juntaba con Jesús, el Toti, se llevaban muy bien, ambos se decían Nurrias. Simón ya no se acuerda por qué así se decían. Simón nunca veía nada malo, le gustaba juntarse con el Nurrias, juntos iban al monte. Como el Toti vivía en Amanaltenco y Simón un poco más arriba, cuando quedaban le pasaba a silbar y él como ya sabía, salía enseguida, o en ocasiones, ya lo estaba esperando para irse al monte. En una ocasión quedaron en subir al bosque, aunque sea tarde, para quedarse allá, temprano buscar su carga y regresar lo antes posible a su casa. Ese día Simón presentía algo.

—¿Y por qué quisiste que subiéramos a esta hora Nurrias?

—Para que nos quedemos allá, temprano busquemos nuestra carga y enseguida vengamos a bajar. Si llegamos y todavía se ve, podemos buscar un poco.

—¡No creo! Cuando lleguemos ya empezará a oscurecer y solamente nos dará tiempo para amarrar bien nuestros animales y soplar, o que nos hagamos una casita.

—¡Sí, no va a dar tiempo! Yo, si todavía se ve un poco, de una vez buscaré y temprano, cuando aclare, ya solamente les echaré carga. Ya verás.

—¡Ya se verá a qué hora llegamos! Yo digo que temprano busquemos. No me gusta trabajar de noche. La noche nos la dieron para descansar.

—Mmm. Yo a veces, aunque de noche, trabajo y no me pasa nada. No me espanta nada.

—No te va a espantar nada, pero el sol nos lo dieron para que nos ayude y debajo de él trabajemos. La luna también nos vigila, para que descansemos bien, es por eso que no los juntaron, cada uno tiene su trabajo y su destino.

—No pasa nada. Si tú no quieres no le hace, aunque yo solo, buscaré.

—Tú sabes. Yo, cuando lleguemos, acomodaré mis animales y enseguida haré la casita, donde dormiremos, pero primero pediré permiso a los guardianes del lugar para que descansemos tranquilos, ya luego prenderé el fuego, aunque todavía se vea, hasta mañana temprano voy a trabajar.

—Tú sabes. Cada quien va a buscar lo que va a traer y cada quien sabe cómo quiere trabajar.

 Así se fueron platicando durante todo el camino. Simón veía a su amigo que no iba muy bien. Se veía muy ansioso. Ya quería estar allá para empezar a cortar y pelar la madera. Como lo conocía muy bien, pensó:

—"Este muchacho no está bien, algo le pasa o siente, a fuerza quiere trabajar de noche. Yo no sé, pero eso que va sintiendo no me gusta, pareciera que algo le apura".

Cuando llegaron al lugar llamado Tierra Blanca, Simón quería se quedaran ahí. Allí ya había lo que buscaban, no estaba muy alejado y, como era temprano, podían buscar, si completaban, aunque sea de noche, se regresarían.

—¡Nos quedamos por aquí! ¿Cómo ves?

—No, por aquí no hay. Allá más arriba, a donde dijimos, hay más palos y más rápido ajustaremos. Verás, que hasta no sabrás cuál cortar.

—Sí, pero por aquí también hay. Si entramos por el lado de San Juan, allá hay muy bonitos. Si quieres, completamos temprano, echamos carga a nuestros animales y, aunque sea en la noche, nos regresamos.

—No. Vamos donde dijimos. Unas tres horas y ya estamos allá.

Después ya nada dijeron, pero seguían su camino. Cuando pasaron por un ojo de agua dieron de beber a los animales, también ellos bebieron un poco. Toti tenía mucha prisa por alejarse de ese lugar. Sólo llenaron sus cantimploras y nuevamente se encaminaron. Pasaron como unas dos horas y media y al fin llegaron a su destino.

—¡Llegamos, Nurrias!

—¡Sí, Nurrias! Ya viste no está muy lejos. Y ya no querías venir. Ya querías que nos quedáramos allá. Mejor nos hubiéramos quedado en el encinal. Jajajaja.

Simón sintió algo malo, que hasta le dio escalofrío.

—¿Qué te pasa Nurrias? Nunca ríes así.

—No me pasa nada, sólo que me da risa que mejor nos hubiéramos quedado en el encinal, aunque de encino hubiéramos llevado.

—Tú sabes qué es lo que sientes. Yo voy a dar gracias porque ya estamos aquí. También pediré permiso a los guardianes del lugar para comenzar a hacer la casita, para dormirnos. Mientras enciende la fogata, pero también pide permiso.

—¿A quién le pediré permiso? El dueño de todo esto es mi amigo. Y ahora él me va a ayudar.

Simón ya no respondió… cuando terminó de santiguarse y de pedir permiso, rápidamente fue a buscar palitos para hacer la casita. Le preocupaba un poco su amigo, que no se veía bien y hablaba como si alguien le dijera. Se espantó cuando le dijo quién le ayudaba. Nunca se dio cuenta cómo fue que encendió el fuego, cuando lo estaba pensando, de momento pasó a voltear, la fogata se alzaba muy alta.

—"¡Ay, Dios mío! Cómo le hizo, si apenas iba a juntar la leña y ya está allá amontonada. Mejor me voy a apurar, ya va a oscurecer, ya no podré ver".

Luego que juntó los palitos, rápidamente fue a hacer la casita. Mientras el Toti, ¡quién sabe qué estaba haciendo!, sólo se escuchaba que cortaba mucho. Aunque ya no se veía, Simón quería ir a alcanzarlo, pero como el bosque estaba muy cerrado de vegetación, no se podía caminar en la oscuridad. Le llamó para que cenaran juntos, pero él no respondía, por más fuerte que le silbaba, parecía que no escuchaba. Mientras calentaba la comida veía que el fuego la rodeaba mucho y no tenía mucha leña, tampoco hacía aire. Cuando le metía algún palito al fogón, hasta tronaba el fuego. Como llevaron un comalito, sobre de él calentaba las tortillas y la comida, cuando fue a llegar el Toti.

—¿Ya estás calentando? Ya vine para ayudarte. Ando buscando nuestros palos, para que mañana ya nada más los cortemos y temprano nos vayamos.

—Sí. Te estaba yo chiflando, pero ni me oíste. ¿A poco todavía ves? Está muy oscuro. No se ve nada. Sólo escuchaba yo que estabas rajando. ¿Dónde, ya cortaste?

—No. Ni llevé mi hacha. ¡Mira, aquí la pasé a dejar! Sólo llevé mi machete para ir limpiando por dónde pasar y acarrear.

—¡Ah! ¡A ver, a ver!

—Dices que no llevaste tu hacha. ¿Si no eras tú el que andaba rajando, entonces quién estaba hachando, si hasta aquí se escuchaba?

—No te espantes. Luego sabrás. Mañana temprano ya lo verás. Ahora hay que cenar, después a descansar. Ni sé si dormiré. Tú acuéstate y si escuchas algo, no te asomes.

—¡Tú te estás volviendo loco! ¡Te desconozco!

Después que terminaron de cenar, Simón acomodó su camita y vio que el Toti también se disponía a acostarse. No sintió cuando le ganó el sueño. Estaba cansado por lo lejos del camino, mediodía de caminar, hasta llegar allá. El Toti solamente se acostó un poquito y esperó a que Simón se durmiera y se volvió a levantar. ¿Qué fue a hacer? ¿Dónde? No se sabe.

Simón despertó, lo estaba levantando el Toti. No sintió cómo pasó la noche. Se quedó dormido. Ni siquiera despertó a medianoche. Su amigo lo estaba despertando y como tenía el sueño pesado, ya lo estaba moviendo con ganas.

—¡Nurrias, despierta! ¡Despierta Nurrias, ya amaneció! ¡Levántate, echémosles carga a nuestros animales y vámonos! ¡Despierta Nurrias!

—Jjrrrr. ¡Espérame¡ Me limpio los ojos y despierto bien.

—¡Ya levántate! Ya nada más te está esperando tu carga. Hay que hacer las cargas y vámonos. Si no nos apuramos llegaremos tarde a la casa. No quiero que se cansen mucho los animales. Acomódalos, de una vez les echamos carga y vámonos. Calentamos un poco nuestra tortilla y vamos comiendo en el camino. Ya soplé. ¡Pero apúrate!

—Si tienes prisa Nurrias mejor adelántate, yo apenas voy a

buscar y pelar, estamos muy lejos y si así nomás les cargo, se irán a cansar. Ahorita con calma, no te preocupes, en unas dos o tres horas, ya completé mi carga.

—¡No, Nurrias! Te estoy diciendo que te apures para que echemos carga, pero a todos nuestros animales. Las cargas ya están aquí en la orilla del camino, ahí los dejé para que no acarriemos muy lejos. Ahora apúrate, arrimemos los animales y allá, ya verás si te engaño.

—¿Y a qué hora los cortaste? Si estaba muy oscuro. ¿A poco veías? ¿O no te acostaste?

—¡Tú no preguntes, sólo obedece! ¡Junta todas tus cosas y me sigues! Los aparejos ya los acarrié, sólo falta en el que te dormiste.

—¡No te creo! Eres mentiroso.

Fue tras del Toti y en el camino iba pensando si sería verdad lo que le estaba diciendo.

—"¿Cómo le hizo? ¿Será por eso que tenía prisa cuando llegamos?"

Muchas cosas pasaban por su cabeza. Mientras caminaba iba buscando sus palos para regresar a cortarlos. No le creía al Toti. Si acaso había juntado los suyos. Tampoco le gustaba todo lo que veía. Creía que el Toti se estaba volviendo loco. Cuando llegó a la orilla del camino, no creía lo que veía. Allá, ya estaban todas las cargas y bien hechecitas. Él conocía cómo cortaba y pelaba el Toti. No creyó que él lo hizo. Todos los palos estaban muy derechitos, parecía que les pusieron hilo. La careada parecía que la hicieron con sierra. Estaban muy lisos, hasta brillaban. No se veían las astillas que les quitaron a los palos. Miró a los lados, quería saber por dónde los arrastró hasta allá. No se veían ni sus pasos por donde él hubiera pasado, parecía que los pasaron volando y con calma los acomodaron. Simón no sabía si era verdad, o estaba soñando que ya estaban ahí sus maderos. El Toti sólo sonreía.

—Escoge los que quieras llevar y empieza a cargarlos. Todos

están iguales, así como están formados.

Simón no sabía si hacer las cargas, o mejor ir a buscar otras. No se sentía a gusto. Lo creía porque ya las estaba viendo, pero sentía que en cualquier momento podían desaparecer. Echaron carga a los animales y calentaron un poco su comida.

—¡Ahora sí, vámonos Nurrias! Comeremos en el camino, no quiero que nos vaya a agarrar el calorón antes que subamos la subidita, parece que no pesan, pero está lejos.

En el camino Simón recordó la noche, no supo si lo soñó o lo sintió: el aire soplaba muy fuerte, parecía que quería derrumbar los árboles. Los coyotes aullaban lastimosamente. Los tecolotes lloraban de manera inusual. Los demás animalitos buscaron refugio dentro de sus cuevas. De pronto un enorme chivo apareció. El Toti cuando lo miró no se espantó, se arrodilló, le hizo reverencias y se entregó para que le diera el poder, de todo lo que él quisiera. El gran chivo lo miró, de repente lo embistió, lo revolcó, jugó con él y desapareció. Volvió a aparecer y esta vez le entregó los maderos que fueron a buscar los dos. Se los fue a dejar a la orilla del camino, mientras Toti permanecía arrodillado. Para cuando comenzó a aclarar ya estaba lista su carga. Todo eso que pasó Simón, conforme caminaba, parecía que lo estaba viviendo. Todo lo tenía en su cerebro. La voz de Toti lo sacó de sus pensamientos.

—Ya llegamos a la subidita. Arrea tus animales, ya se van quedando. Creo que ya les cansó su carga, ya no aguantan. Míralos, ya van sudando.

—Ah sí, ya van sudando.

—¿Qué vas pensando, parece que vienes durmiendo?

—No. Solamente creo que no dormí bien anoche.

—Luego que te acostaste empezaste a roncar. ¿Y tienes sueño? Déjamelo a mí, como no tenía sueño mejor me levanté y fui a buscar nuestra carga.

—Gracias. Pero no hubieras buscado los míos, yo los hubiera cortado. No me gustó, nada más fui a cargar, siento que no son míos y después me los vas a pedir, si es así, mejor nomás te ayudo y después, regreso por los míos.

—No te preocupes. Ni me tardé, luego los junté. Unas tres horas para cortarlos y juntarlos y, otra media hora para acarrearlos.

Así iban platicando mientras subían la cuesta. Los animales de Simón ya no aguantaban y todavía les faltaba la mitad de la subida. No se supo por qué estaban sudando mucho, iban subiendo con calma, parecía que alguien los jalaba hacia atrás. Los animales de Toti iban con tanta tranquilidad, a ellos no les pesaba la carga. Ese camino estaba un poco empinado, pedregoso, por doquier se tropezaban los animales. Simón sentía que se alargaba mucho el camino, sus las bestias cesaban. Las detuvo un poco y las hizo descansar,

—Adelántate Toti.

Pero Toti atajó sus animales para que también descansaran. Pasaron unos diez minutos, el Toti comenzó a frotarse las manos, en ello sopló a las mulas de Simón, quienes sin dificultad subieron la cuesta. Cuando llegaron a la cima parecía que a los animales los habían terminado de cargar. No pasó mucho tiempo cuando otra vez los animales ya no aguantaban. Para ese tiempo ya era mediodía y todavía les faltaba medio camino. Simón pensaba:

—"¿Qué es lo que nos ésta pasando? No avanzamos, nomás estamos en un sólo lugar. ¿Será que no es del agrado de Dios nuestra carga? No me gusta lo que estoy sintiendo. Todavía nos falta medio camino y así como vamos, llegaremos a medianoche. No caminan fuerte los animales, pareciera que les está pesando mucho".

Siempre por el lugar donde estaban, a mediodía los pájaros cantaban alegres y los conejitos se veían por donde sea. En aquella tarde ni los pájaros, ni los conejos hacían su aparición. En su lugar, a la orilla del camino, se veían serpientes y escorpiones enredados por doquier. No se movieron cuando pasaron. Simón quiso matarlos.

—No los mates. Les da gusto que pasemos por su casa Ellos nos van cuidando, aunque tú no lo creas.

—Nunca me gustó que me siguieran estos malditos animales. Cuando veo a una víbora o un escorpión, me da escalofrío y no me siento tranquilo, hasta que los mato.

—Estos animalitos nos van siguiendo, sólo que no se ven, se enseñan poco. Ya verás cuando lleguemos, también se verán antes de entrar al pueblo.

—¿Y cómo lo sabes? ¿O tú les hablas?

—No. Pero ya sé. Siempre que vengo al monte, así lo veo.

Los animalitos, de verdad, por todos lados estaban dejándose ver, parecía que los estaban siguiendo sobre el camino. Simón los había visto desde que salieron, pero no dijo nada. Mientras caminaban se quedaron en silencio. Simón veía que no avanzaban mucho sus animales, aunque ya habían tomado la bajada se les seguía viendo que les pesaba la carga, no caminaban con fuerza y seguían sudando, iban arrastrando muy lento los palos. Simón pensaba:

—"¿Por qué les pasa esto? Ya están acostumbrados que cuando vamos al monte junto rápido su carga y, aunque estén gruesos, no lo sienten. Ya saben que tiene que caminar rápido cuando es pesada su carga, para luego descargar. También están acostumbrados que su camino es agradable al escuchar el canto de los pájaros".

Sus pensamientos fueron cortados por el mal camino y el tiempo que estaban pasando. Los animales nuevamente se detuvieron por el exceso de peso de la carga. Les descargó y dejó que descansaran un poco. Luego los llevó donde había zacate para que comieran algo.

Mientras, el Toti también atajó sus mulas. Ellos también ya sentían el cansancio, pero él no quiso descargarlos, sólo sonreía y hablaba otro idioma, que no era español ni el nuestro. Simón fue a sopesar los maderos para saber por qué ya habían cansado a los animales. Quería saber si en realidad estaban muy pesados.

—Nurrias. Ya no sé qué hacer. No sé si aquí me quedo y mañana, otra vez, les hecho carga, o los paso a dejar ¿Cómo ves?

—No te espantes Nurrias. Déjalos que coman y otra vez les vamos a cargar. A como dé lugar, aunque sea de noche, tenemos que llegar a nuestra casa y, mañana o pasado, vendremos a traer más, están pidiendo muchos. Estas vigas para mañana temprano, ya hay quien se las lleve, un señor me las pidió. Y si quieres, también que se lleve las tuyas.

—Sí, pero hay que ver si aguantan mis animales. No quiero cargarles a fuerza, se me vayan a enfermar. Los voy a llevar con calma para que vayan descansando, no importa si hasta mañana temprano voy a llegar. Si quieres ve adelantándote.

—No. Juntos venimos y los dos regresaremos. Dirán tus familiares que te pasé a dejar. ¡No Nurrias! Te iré esperando mientras van descansando mis animales, también se cansan. ¿Qué piensas, que no? También van pujando.

—Sí, ya los vi. Platícame quién irá por la madera. ¿A dónde se la van a llevar o dónde se van a bajar? ¿O él los va a acarrear de nuestra casa? Si es así, los dejamos en un sólo lado.

—Allá irá, hasta nuestra casa. Pero si quieres los dejamos en mi casa, o en la orilla de tu casa, sobre el camino.

Pasó hora y media, mientras platicaban, los animales descansaron y comieron. Otra vez les cargaron. Cuando levantaron las vigas sentían que no estaban pesadas. Los animales, como estaban descansados, habían recuperado fuerzas. Los arriaron y vinieron a bajar. Al llegar al paraje conocido como Tierra Blanca, el sol ya se había ocultado y los animales, otra vez, ya pujaban.

—¿Nurrias, por dónde nos vamos a ir, por la Colonia, o quieres que salgamos en Tlapawetsian?

—Iremos a salir en Tlapawetsian. Pasaré a traer algo en Mal Paso. Daremos de beber a los animales en tlekwilak. Otra vez, los vamos a esperar, que descansen un poco ¿Qué dices Nurrias?

—Yo creo que sí Nurrias, están sudando y caminan otra vez despacio.

Cuando llegaron a Tlekwilak descansaron un poco y dieron de beber a sus animales. Ya eran como las nueve de la noche. Cuando tomaron otra vez su camino, eran las diez. Frente de ellos estaba una pequeña cuesta y eso, a Simón, le preocupaba, no era larga, pero como los animales ya estaban cansados de cargar todo el día, se cansaban pronto y no estaba seguro que aguantaran. Los llevaron con calma y aunque despacio llegaron a la cima. Desde aquí, Mal Paso ya no está lejos. Conforme se iban acercando los animales caminaban más despacio, se notaba que veían algo, estaban nerviosos y espantadizos. El Toti les hablaba y los tranquilizaba. Cuando llegaron a Mal Paso, los animales estaban muy temblorosos y se jaloneaban, como que algo les espantaba. No querían pasar, tuvieron que jalarlos y cuando pasaron, brincaron como si algo estuviera debajo de ellos y corrieron. Simón, si no se quita, lo aplastan. Cuando pasaron y caminaron poco, el Toti dijo a Simón:

—¡Adelántate! Llévalos, regreso rápido y pronto los alcanzo por ahí. Ya no te preocupes, llegarán bien nuestros animales.

—¿Qué es lo que vas a traer? ¿No puedes otro día?

—No, de una vez voy a pasar. Camínenle, luego voy a alcanzarlos.

Toti se pasó a regresar, mientras Simón se traía todos los animales. Él también estaba espantado y aunque no dijo nada, también sintió algo malo cuando pasaron en Mal Paso. En silencio le rogaba a Dios por él. Simón ya sabía que ahí no era buen camino, es por eso que le llamaron así. Ya a muchos les había sucedido lo mismo: no lo creían, hasta que no les pasaba. Simón arriaba los animales, pronto bajaron, cuando reaccionó ya se divisaba el pueblo, ya la luz eléctrica se veía, aunque muy separadas, se notaban las casas. Se tranquilizó un poco cuando recordó que llegaría a casa. Estaban dando vuelta en Tlailakatsko cuando vio a Toti que ya estaba ahí sentado, esperándolos. No creía que fuera él.

—¿Eres tú, Nurrias? ¿Por dónde te veniste?

—Me vine derecho, por Tekaxtitla. ¡No me tardé!

—¿Veniste corriendo o volando?

—Me vine despacito. Ya sabía que se iban a tardar un poco más, por la vuelta de Hueyicolostitla y Metepec. Luego vienen bajando por la pendiente pedregosa, siempre despacito.

—Eso sí, pero te veniste rápido. ¿Y para qué te regresaste?

—Fui a ver un palo para sacar tejamanil, no quiero que me lo ganen. Todavía está allá. En estos días lo vendré a traer, me saldrán como cinco cargas.

—Mmm, muy bien. Ya llegamos a la casa. Ahora dime dónde quieres que descarguemos. ¿Quieres que bajemos la carga en tu casa, para que allá vayan por nuestras vigas, o aquí los dejamos y que vengan por ellos hasta aquí, o cada quien que los venda?

—Descargamos en mi casa. No vayas a pensar que solamente te engañé que te los voy a vender. Quien va a venir por ellos irá allá a la casa, no sé si quiera venir hasta aquí arriba. Vamos, allá descargamos.

Se fueron a descargar hasta Amanaltenco, para que cuando amaneciera alguien fuera por su carga. Simón pensaba que no era cierto, como él los había juntado quería ganarse algo, o quedarse con todo lo que le dieran de la venta. Simón no quería dinero con lástima, si eso quería hacerle, ni hubiera preguntado. Cuando llegaron a Amanaltenco descargaron. Los pobres animalitos seguían sudando, les había pesado mucho. Ya no se aguantaron parados y se echaron al suelo. Acomodaron las vigas y se esperaron un rato a que se enfriaran los animales para quitarles el avillo, darles agua y pastora.

—¿Sabes qué Nurrias? Mejor ve a descansar a tu casa, así dejamos los animales. Ya no tarda en aclarar, cuando amanezca yo les daré de beber y les voy a aventar un poco de zacate, mientras así que se queden, nada más quítales tu hacha y tu machete, para que no se vayan a cortar si se revuelcan. Descansa tranquilo. Te iré a dejar tu dinero y también te llevaré tus animales.

—Sí. Así quedamos. Ya me voy. Si despierto temprano y no me da flojera, vengo por mis animales, que tal que te desvelas.

Simón subió a su casa, en el camino iba recordando todo lo que había visto y les pasó. Él sabía que no era de Dios, por eso la carga les pesó tanto a los animales y la caminata de un día y medio, mucho menos fue de su agrado. Cuando llegó a su casa su mujer lo recibió en la puerta, no se veía bien, estaba preocupada por él. Se saludaron y entraron a la casa.

—¿Qué haces afuera parada mujer? ¿Por qué no estás durmiendo? ¿Qué no tienes frío? ¿No tienes sueño?

—¿Qué estoy haciendo? ¡Te estoy esperando! Estaba preocupada porque no llegabas. Anoche estuve soñando muy feo. Y ahora otra vez ya es medianoche y no habías llegado, no podía dormir, mejor soplé para calentarme.

—Mujer ya estoy aquí, tranquilízate. No me pasó nada, sólo que fuimos muy lejos y nos tardamos porque los animales no aguantaban.

—Eso que fueron a traer Dios no lo quiere. Muchas cosas vi anoche, por eso es que no podía dormir y sólo estaba recordando. ¿Ahora, tu carga dónde la dejaste?

—La dejé todo en casa del Toti, es que según él las va a vender. ¿Me puedes decir que es lo que viste o soñaste, que no te deja dormir?

—Sí, escucha: Ya nos habíamos acostado y como a medianoche empecé a soñar que ustedes estaban en un lugar muy lejos, en un monte donde nadie llega, sólo allá van los que son llamados por el diablo. Aunque no lo creas, sé donde fueron. Cuando llegaron allá tú ibas a soplar, pero primero limpiaste donde se iban a dormir y juntaste leña, cuando volteaste la lumbre ya estaba hecha y el fuego se levantaba muy alto. Después cuando se acostaron, él no se durmió, dos horas más tarde se levantó, se arrodilló y algo pidió. Llegó ahí un chivo muy grande y lo comenzó a embestir, a revolcar, como aguantó, el chivo se fue a cortar los palos, cuando despertaste ya nomás les cargaste a tus animales, es por eso que apenas llegas. No sé si lo soñé o Diosito me lo enseñó para verlo, pero todo lo estoy viendo muy clarito. Un poco me acuerdo que ustedes venían comiendo su tortilla en el camino. Él no quiso comer allá porque ya tenía hora para que dejaran o salieran de ese lugar, si no salían, allá se hubieran quedado y nunca más te hubiera visto.

—¡Ay Dios! Ya me espantaste. Es cierto todo lo que estás diciendo, así pasó todo. Cuando subíamos una cuesta los animales se cansaron mucho, que tuvimos que dejarlos descansar. Todo el camino así los trajimos, con calma, porque estaba muy pesada su carga. No entiendo por qué nos tardamos mucho, no podíamos llegar. Hasta que pasamos Mal Paso vi que de verdad caminábamos rápido. Pronto venimos a bajar. Ahora el Toti quiere que vayamos otra vez a traer más palos, le dije que ya no iré, y como me estás platicando, mejor ya no voy a ir con él, me le esconderé. Y sí, esa noche el diablo jugó con él, por eso se volvió loco, yo también lo soñé, vi todo, así como tú lo dices. El dinero que dice me va a dar no lo recibiré, si es que de casualidad me da. Se lo dejaré para que se ayude, sólo iré a traer mis animales temprano o a mediodía para que descansen bien. ¡Pobrecitos, también se cansaron mucho! Si ellos hablaran nos dijeran qué es lo que vieron allá en Mal Paso.

—Tú sabes qué es lo que haces con tu trabajo y tu dinero. Aunque una tortilla con sal comeremos, no te preocupes. Diosito no nos va a dejar. Ahora ven a cenar algo, dale gracias a Dios y ya vamos a acostarnos, mañana Dios dirá.

Cuando amaneció, Simón no quiso levantarse temprano, recordó que su esposa le dijo que descansara bien, que el dinero no importa como para desvelarse. Ellos estaban acostumbrados y sabían que aunque nopalitos o quelites comerían. Con calma se volvió a dormir y a eso del mediodía lo fue a despertar el Toti, ya le llevaba sus animales y algo de dinero, producto de lo que ya había vendido. Cuando se levantó, las bestias ya estaban amarradas en el potrero.

—¿No mames, apenas te vas levantando?

—Sí. No me preocupa nada como para levantarme temprano. ¿Y tú por qué te levantaste muy temprano? Ya estaba pensando ir por mis animales allá a tu casa. Hoy no iré a ningún lado. Mañana estoy queriendo hacer adobes para empezar a hacer bien mi casa.

—¿Qué?, ¿ya no quieres que vayamos a traer más palos? Ya los vendí, ya vinieron por ellos. Y me volvieron a pedir otros, les gustaron mucho. Yo creía que otra vez iríamos y aunque ya no tanto hasta allá, nomás por aquí en Amaxyo. Pero si no quieres ir, aunque solo vaya yo a tirar el árbol que te dije para sacar tejamanil, en los siguientes días otra vez subiremos juntos. ¿Cómo la ves?

—¡Que así se haga, Nurrias! Y por el dinero que te dieron, si me lo quieres dar o no, no te preocupes, después yo cobro. Ahora yo te ayudo, para la próxima yo me quedo con él y así nos vamos ayudando.

—¡No, Nurrias! Aquí esta tú dinero, es tuyo y es tu trabajo. ¿Cómo crees que me lo voy a quedar? Dime si así está bien o querías más. ¡Qué tal si no es el precio que querías, o los hubieras vendido más caros!

—Así nada más, Nurrias. Lo que me estás dando está bien. Y gracias porque ya me ayudaste a que no fuera a vender. Ahora discúlpame, iré a amarrar mis animales en la orilla de mi terreno, que coman algo de pasto.

—Sí, Nurrias. Luego pasó por ti para que otra vez vayamos juntos a traer la madera.

Cuando se retiró el Toti, luego le fue a decir a su esposa lo que le dieron y ella le dijo:

—Compra una cera para ir a prenderla adentro de la iglesia, para que se limpie el dinero y nos rinda, que no se nos vaya como agua, por si es malo.

Pasaron algunos días y nuevamente pasó el Toti por Simón para que fueran juntos a traer madera, pero Simón ya nunca quiso ir con él. La primera vez que pasó le dijo que no tenía tiempo de ir al monte, que ahí tenía mucho trabajo. Y así lo traía todos los días, cuando pasaba por él, en ocasiones mandaba a su mujer para darle excusas. Como ya era costumbre que siempre le dijera que no quería ir o no se presentaba, el Toti ya se molestaba. En una ocasión cuando pasó por él, no se quería ir hasta que saliera Simón para irse al monte. Ese día cuando oyeron que llegó, Simón le dijo a su mujer que le avisara que él no se encontraba.

—¡Dile al Toti que no estoy! Y córrelo, no entiende que no quiero ir con él.

—¿Ya pasas por mi señor? No está, fue a cortar hierba allá por Tlatetemaloyan. ¿Que no lo viste por ahí?

—No. No lo vi. Lo paso a traer porque dijimos que juntos íbamos a ir a traer madera. Ya habíamos platicado.

—No está y me pasó a decir que te dijera mejor te fueras tú solo. Él tiene trabajo aquí, quién sabe qué va hacer. Hoy no va a ir, luego pasas por él, de casualidad se vuelve a animar.

—Bueno, pero dile que no se esconda. Que él me avise.

Cuando entró le dijo a su esposo lo que le respondió el Toti. También se dio cuenta que se había molestado.

—Dice que cuando no vayas, no te escondas y tú le avises. No se quería ir, hasta que salieras.

—¡Qué a fuerzas tengo que ir con él, no se puede ir solo! Ahora que vuelva a pasar le dirás otra vez que no estoy, porque si yo salgo nada más lo voy a correr con la escopeta.

Pasaron como quince días y el Toti ya no regresó, pero transcurrido un mes, otra vez apareció. Ese día apuraba más a la señora para que llamara a su marido.

—Entiende que no está aquí mi esposo. Si estuviera ¿por qué te lo voy a esconder?

—Llámalo. Está allá adentro, solamente que él te dijo me digas que no está. Llámalo.

—Te estoy diciendo qué no está aquí. ¿Y cómo sabes que él no salió?

—A mí no me pueden engañar. Si tú quieres hasta te digo qué

es lo que te dijo y cómo está vestido. Ahorita mismo él está sentado y solamente nos está escuchando. Luego vuelvo a pasar y ya no me quieran engañar, todo lo que quiero saber lo sé.

Cuando eso dijo la señora sintió que se le enchinaba la piel y todo su cuerpo. Eso que le pasó a decir no le gustó, sintió el aire frío, apenas iba saliendo el sol. De pronto el cielo se nubló, como si fuera a caer una fuerte lluvia. Por la parte de abajo se hicieron algunos remolinos y esa no era su época, nunca se veía así. No le dijo nada a su esposo. Cuando entró se estremecía, recordaba cómo la observó aquel personaje. Su mirada no era de un hombre normal.

—¿Sabes qué, mujer? Ya no me gusta que pase por mí el Toti. Yo pienso que esa noche el diablo lo jugó, es por eso que ahora dice que no lo podemos engañar. Y tiene razón. Lo que voy a hacer es platicar bien con él, después ya no lo buscaré y que tampoco él me busque.

—Mejor así, para que ya no te siga buscando. No te voy a estar escondiendo siempre. Ya me da vergüenza. Él no me cree. Pienso que sabe hasta lo que decimos. Ya me dio miedo.

—No te preocupes mujer. Cuando lo vea le diré que nos deje. Nosotros no le hicimos nada, ni le haremos. Que Dios lo bendiga y le ayude.

Pasaron algunos días y como el Toti ya no aparecía por allá, lo olvidaron. Una vez que Simón caminaba por Amanaltenco y cuando pasaba frente a Chichinanton, atrás de la casa, estaba sentado el Toti, recargado en la pared, donde le daba la sombra. No se veía qué estaba haciendo, su sombrero le tapaba la cara. A su lado derecho estaba un bultito de tepopote y en su mano un bastón. A su lado izquierdo dormía su perro. Arriba el sol era bastante agradable y sobre el cielo no había nubes. Cuando vio que iba pasando Simón, el Toti enseguida lo llamo.

—¡Nurrias! ¿A dónde vas? ¡Ven a asombrarte, hace mucha calor!

—¡Nurrias! ¿Qué estás haciendo aquí?

—Me estoy asombrando y durmiendo un poco, fui a traer un poco de tepopote, lo voy juntando cuando no hago nada, luego piden y no hay. ¿Y tú dónde andas caminando?

—Fui a ver allá abajo, ahora ya me voy a mi casa. No te veía, si no me hablas, nomás te iba a pasar.

—Siéntate, descansa un poco. Ya no quisiste que vayamos por nuestra carga. Ya no te hace falta el dinero.

—Sí. Sólo que en estos días he tenido trabajo por aquí y no me he acordado de subir al monte. Y también te quería decir que ya no quiero ir contigo, mejor yo solo iré a buscar mis palos. Discúlpame, aquel día nada de lo que vi me agradó, mejor ya no pases por mí, no quiero responderte mal o con coraje.

—¡No te espantes Nurrias! ¡No pasa nada! Ya viste que tú ni vas a trabajar, sólo le digo a mi amigo que me dé nuestros palos y ya nosotros les echamos la carga a los animales y nos venimos. Ahora le voy a decir que solamente iremos por aquí, cerca en Kwawtsontecomac.

—¡No Nurrias! Discúlpame, yo ya no quiero juntarme contigo. No sé cómo le haces, porque esa noche juntaste toda nuestra carga, parece que la pasaste volando y como no me dijiste nada, así la traje. Te lo agradezco, pero mejor, aunque despacio, yo los voy a cortar y los traeré, no importa que me tarde.

—¡Mira! Ese día no sé qué me pasó, desde temprano me sentía muy inquieto. Al llegar allá, encontré a un señor alto, elegantemente vestido, montado en un gran chivo. Cuando quise echarme a correr me llamó y me dijo que no tuviera miedo, que él sólo quería ayudarme en todo lo que yo deseara: dinero o mujeres, él me los daría, sólo quiere que siempre me acuerde de él y que cuando me pida algo, se lo lleve. Como alguien más, tú ya te encomendaste a Dios, ya no te puedo llevar. Pero si quisieras me dices y te presento con él. Si no, no te preocupes, respetaré tu palabra.

—Mejor no, aunque huérfanos y pobres, así déjanos. Si a ti te gusta, ayúdate. Yo y mi familia, aunque tengamos hambre nos aguantaremos, ya Dios nos ayudará.

—Tú sabes, yo te estoy invitando. Si quieres ver la tierra desde arriba, puedo hacerte volar, o te llevo, así podrás ver todo lo que tiene el mundo. Nada te faltará, aunque te vean mugroso, siempre tendrás todo lo que desees. Mi amigo, sí ayuda.

—Gracias, ya no me hables, y aunque no tenga, yo nunca me entregaré para que jueguen conmigo, mi Dios me ayudará. Con que nos dé vida y salud, que no nos duela nada, aún sin dinero. Tengo mi señora y con ella soy feliz, tú disfrútalo. Luego por ahí nos estamos viendo. Que Dios te bendiga.

Cuando lo pasó a dejar, Simón sintió que descansó su cerebro y se consoló su corazón. Eso que sentía, que traía cargando en su espalda, se descargó al decirle eso. Al Toti solamente le dio risa.

—¡En estos días te paso a traer para que vayamos a leñar, mientras lo piensas! Te quiero ayudar para que te alivianes.

Ya no le respondió, subió rumbo a su casa. En el camino iba recordando lo que el Toti le había dicho, no podía creer lo que le pedía. Si él quisiera también se haría rico y a todos los que lo habían ofendido les haría pagar sus afrentas, así sería respetado. Volvió a recordar que no era bueno, mejor se encomendó a Dios y antes de entrar a su casa se santiguó para que se le saliera todo el coraje, porque la podía agarrar en contra de su mujer.

—¡Vieja, ya vine! ¿Dónde estás, vieja? ¡Ven quiero platicarte lo que me pasó con el Toti!

—¡Aquí estoy viejo! ¡Qué es lo qué te pasó!

—Atrás de la casa de Chichinanton, encontré al Toti. No lo veía yo, si no es que me habló.

—¿Qué fue lo que te dijo?

—Quiere que vayamos juntos a leñar al monte. Le dije que no quiero juntarme, ni ir a traer madera con él, le dio risa. Pero lo que los dos vimos aquella noche, así pasó. Me dijo que si quiero me entrega con su amigo, para que nada nos falte, si es dinero, o lo que queramos, nos lo dará y ni siquiera voy a trabajar; hasta tierras, todo, todo.

—¡Dios nos libre! ¿Y qué le respondiste? ¡No vayas a decir que ya te entregaste, porque aquí terminamos! Yo mejor me regreso con mis papás. No quiero estar con alguien que tiene pacto con el diablo.

—¡No! Allá lo dejé, sólo le dije que ya no pase por mí, ya no voy a ir con él. Dijo que en estos días vendría, que mientras lo piense. ¿Qué voy a pensar? Aunque no tengamos, con que no nos duela en ningún lado, estaremos felices. ¿O no, mujer?

—Sí. ¿Pero es cierto lo que estás diciendo o me estas engañando? Mejor de una vez dímelo. No vayas a salir con tu palabrita que sí le entraste. Y después ya ni vas a trabajar, con eso de que siempre ya tendremos dinero y luego te pedirán a alguien, hasta uno de tus hijos vas a entregar. ¡Eso sí que no!

—¡Cálmate mujer, eso nunca sucederá! Parece que no me conoces.

Al otro día muy temprano, cuando aún todavía se encontraban durmiendo, escucharon que alguien silbaba, no le tomaron importancia. Nuevamente silbaron, más fuerte. Luego tocaron su puerta, eso los despertó muy bien y desde el interior preguntaron.

—¿Quién, qué quieres?

—¡Paso por el Nurrias, le dije que hoy iríamos a leñar juntos y me dijo que sí!

—¡Es mentira, te dije que ya no pases por mí! ¡Vete, yo no quiero salir!

—¡Bueno! Mañana te paso a traer otra vez, iremos a buscar perlilla o tepopote.

—Ya te dije que no quiero que vayamos juntos.

—Nada le hace, yo paso. Por la noche acomodas tus cosas. Hasta mañana.

—Aunque pases no te voy a responder. ¡Entiende!

Cuando ya no escucharon nada se quedaron intranquilos, la señora se preocupaba por algo que les pudiera hacer. A como dé lugar, el Toti quería presentar a su esposo con su amigo. Por su parte Simón ya no sabía cómo sacudirse al Toti, tanto lo seguía, aunque ya le había dicho que no quería juntarse con él, no entendía. Ese día Simón buscó su escopeta y se puso a limpiarla, la arregló muy bien y la probó para ver si funcionaba correctamente, por los años que no la usaba. Le mintió a su mujer diciéndole que durante los próximos días se iría a buscar conejos, pero primero quería saber si funcionaba bien su arma. Cuando terminó fue a dar de beber a sus animales y de paso también los amarró para que pastearan un poco. Por ahí se encontró con algunos vecinos, platicaron y se le fue la tarde. Ellos se animaron a ir de cacería. Así que quedaron de acuerdo para que al siguiente día se reunieran temprano, listos para ir de cacería todos juntos. Cuando llegó a su casa amarró sus animales, les aventó un poco de pastora y le platicó a su esposa que para el siguiente día iría de cacería con sus vecinos. Como estaban a gusto se olvidaron del coraje que les hizo pasar el Toti. Al otro día, cuando ya había aclarado, la esposa de Simón despertó temprano y como le había platicado que se iría al monte, tan pronto se levantó, fue a hacer lumbre para calentarle la comida y ponerle su itacate. Estaba muy apurada cuando escuchó la voz del Toti que pasaba a traer a su marido. Salió y le respondió con coraje para que se retirara, pero el Toti ni se preocupó, sólo le dio risa.

—¿Qué no entiendes? Ya te dijo mi esposo que no quiere ir contigo, pero eres necio.

—¡Sólo despiértalo! Dile que se apure, iremos a juntar perlilla.

—¡No entiendes! ¡Espérame, si no te corre mi esposo, yo te voy a correr!

Se metió a su casa y estando adentro buscaba con desesperación la escopeta. Simón ya la tenía en sus manos, cargándola. También ya había escuchado al Toti y estaba molesto. Agarró fuerte la escopeta y salió para darle al Toti un tiro en los pies. Éste lo presintió y huyó. Cuando Simón estaba en su patio, el Toti ya estaba en la orilla del camino, junto al caño. ¿Cómo le hizo? ¿Quién sabe?

Simón quiso apuntarle, pero el Toti se perdió entre las jarillas. Todavía lo siguió con coraje, quería dispararle, aunque se endrogara, estaba bastante enojado. Para cuando llegó al caño, ni el Toti ni sus animales, se los tragó la tierra.

Algunos de sus vecinos se iban levantando, cuando lo vieron bajar pensaron que ya había llegado de la cacería, él les dijo que se apuraran para irse, que sólo había ido a probar su escopeta, para ver si salían los tiros. Cuando se reunieron arriba, en el camino junto al caño, primero llegó Simón y en tanto llegaban sus amigos, fue a dar una vuelta a las jarillas por donde vio que se había perdido el Toti. No se vio nada de que alguno se hubiera escondido ahí, ni una rama quebrada había. Comenzaron su día tranquilamente. Sus amigos estaban felices, habían cazado dos conejos cada quien, Simón tres. De haber querido hubiera traído más, pero cuando ya los tenía pensó:

—"Con estos, es mucho, nomás se echan a perder, no es cierto que nos los comeremos. Se los llevara a mis familiares pero se acostumbrarán, mejor no".

Reunió a sus amigos e hicieron una fogata para almorzar. Ellos ya tenían sus conejos, querían más. Simón les comentó que con esos era suficiente, que no ambicionaran más, que Dios los había socorrido para que comieran y con eso se conformaran.

—¡Vengan, vamos a almorzar! ¡Soplemos para calentar nuestra comida!

Uno de sus amigos cuando llegó le preguntó.

— ¿Cuántos ya llevas Simón?

—Ya maté tres, ya con esos, no es cierto que nos comeremos todos, nos hostigará muy rápido. ¿Y tú cuántos, unos cuatro?

—¡No, solamente dos! También con estos, como dices, hostiga muy pronto. Sólo que su piel le gusta a mi mujer para su tapete.

—Sí, también allá a mi vieja. Todavía es temprano, comemos y nos regresamos a la casa para llegar a buena hora. Yo pensaba que hasta la noche encontraríamos los animalitos.

Alguien más respondió.

—Todos ya matamos de a dos. Yo también digo que ya nos vayamos. A veces nos hacemos todo el día, hasta medianoche y no encontramos nada. Hoy almorzamos y vamos bajando. ¿Qué dicen?

Todos afirmaron y tranquilamente comenzaron a comer.

Cuando terminaron de comer enterraron la lumbre para que el aire no volara las brasas, pues no querían que se incendiara el bosque. Acomodaron sus pertenecías y entre risas y bromas, llegaron a su pueblo.

Cuando ya se encontraban por Tepeco Simón se sobresaltó, vio al Toti en la orilla del camino, sentado, parecía esperarlo. Como los demás también eran amigos del Toti le preguntaron.

—¿Toti, que estás haciendo, parece que estás esperando a alguien?

—No, solamente estoy descansando ¿Ustedes fueron a traer sus conejos?

—Sí, solamente que regresamos temprano, los matamos enseguida, ya no quisimos traer más ¿Y tú no fuiste al monte?

—No. Ayer fui a buscar perlilla allá por Tlanepantla y la orilla de Xocotlihwipa. Hubieran traído más, otro por cada uno ¿Ahora que van a comer ustedes?

—Con estos. ¿Qué les haremos a los demás?

—Sólo decía. Qué tal si los venden. ¿Con qué se quedarán ustedes? ¿Tal vez alguien los quiere?

—No, mejor luego nos estamos viendo. Ahí estate sentado. ¡Espera a las muchachas, ya van a bajar!

Cuando lo dejaron Simón respiró aliviado, solamente estaba esperando que otra vez le dijera algo, para darle un tiro. Los demás compañeros ni se percataron, él tenía ya el arma entre las manos. Luego que llegaron a casa de Genaro ahí los estaban esperando dos señores, no vecinos, ni del lugar.

—Buenas tardes señores. ¿Cuánto quieren por los conejos, se

los compramos todos?

—¡No los vendemos! Buenas tardes.

—¡Espérense, tranquilos! Nosotros compramos conejos, pasó un señor y nos dijo que ustedes iban a traer, que los esperáramos. Según que ayer le dijeron fuera con ustedes, pero él no quiso, tal vez por ahí lo encontraron.

—Solamente les engañó. Nosotros no le dijimos. Tampoco los fuimos a buscar para venderlos.

—Sí, lo sabemos. Sólo que tendremos una fiesta y esa carne la queremos para dársela a los padrinos en su canasta. Les rogamos que por favor nos los vendan todos. Digan cuánto quieren y les pagamos.

Después de muchos ruegos por parte de los compradores, alguno pidió un precio por arriba de su costo. Aunque los demás no querían, terminaron accediendo, pues el costo cubría lo de dos días de trabajo. Todos se preguntaban si alguien le había comentado al Toti dónde habían ido. Simón no les dijo nada, pero él sabía todo. Después que cada uno se fue a su casa, Simón se quedó afuera, estaba pensando qué le diría a su mujer, por qué ya no llevaba ningún conejo. A lo lejos se acercaba una señora, cuando pasó frente a él…

—¡Buenos días Simón! ¿Cómo estás? Quiero preguntarte: ¿Qué tú fuiste el que correteó ayer a un chivo muy grande?

—¡Buenos días! ¿Un chivo ayer? No. ¿Cómo a qué horas?

—Temprano, casi cuando comenzaba a aclarar, vi que fue a salir por la casa de Genaro, parecía que volaba y se fue a perder por Tepeco, en los cedros, vi que pasó a brincar para arriba, después ya nada se vio.

—¡No! Vine a ver por aquí, porque quería probar mi arma si servía o no. Como hoy nos fuimos de cacería, fue por eso.

—¡Ah! Por eso traías tu escopeta en las manos. Decía yo que le veniste a disparar, como vi que algo buscabas, tal vez el chivo, pero pienso que eso no es de Dios, nunca había visto un animal así.

—¡Quién sabe qué fue lo que usted vio! Yo no vi nada, como me regresé enseguida. Yo estaba buscando un perro para pegarle un tiro, pero como no vi nada y encontré a mis amigos, ahí me entretuve.

—Eso sí. Yo decía que fuiste tú el que lo correteó. Después tranquilamente venía bajando el Toti por donde se metió el chivo. ¿Qué tal y era él?

—¿Se convierte en animal?

—¡Quién sabe! ¡Dios nos libre!

Simón entró a su casa, le platicó a su mujer y le dio el dinero de la venta de sus conejos. Alistó su escopeta y la colgó en la orilla de la puerta. No quería volver a ver al Toti, le tenía mucho coraje, mucho menos quería obedecerle respecto a lo que le pedía. Al otro día, muy de madrugada, Simón y su esposa despertaron, se mantuvieron en silencio esperando que llegara a llamarles el Toti. Simón se fue levantando despacio, tomó la escopeta y tan pronto se acercara, dispuesto estaba a dispararle.

* * *

Ya han pasado muchos años, nada se sabe del Toti. Unos lo ven por Tezoyuca, Cuanalan y pueblos aledaños. Otros lo ven en el pueblo de Atlatongo, siempre cargando un manojo de tepopote. Hace poco se dejó ver por Amanalco…

FIN

Fue por muchos conocida la vida del Toti y de sus andanzas por la población y el mundo en el que vivió, lo que contribuyó a que en las familias de las tres últimas décadas, fuera motivo de espanto para los niños malcriados y caprichosos. Tal es el caso que cuando algún niño hacía una falta, desobedecía, o no se quería dormir, le decían:

—¡Duérmete, si no, te va a llevar el Toti!

O si estaba afuera y no se quería meter, también le decían:

—¡Métete que ahí viene el Toti y te va a llevar!

Estos fueron algunos de los muchos dichos entre la población de Amanalco.

www.ingramcontent.com/pod-product-compliance
Lightning Source LLC
Chambersburg PA
CBHW022156150726
47992CB00002B/811